ヤマケイ文庫

羆吼《ほ》ゆる山

Konno Tamotsu　今野 保

羆吼《ほ》ゆる山　目次

I　出会いと別れ

II　撃つ

III　アイヌの猟師

IV　流　転

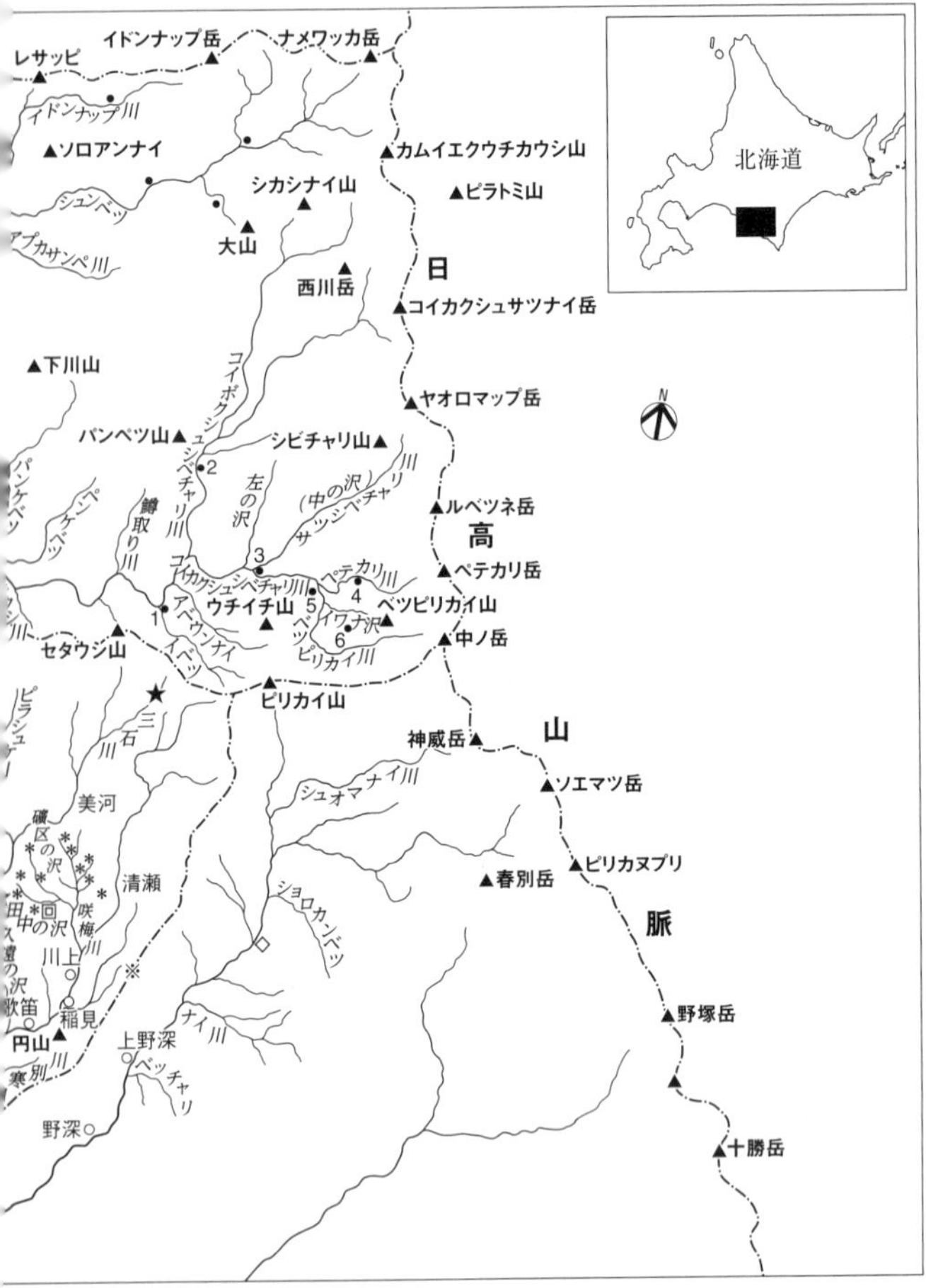

イドンナップ岳
ナメワッカ岳
レサッピ
イドンナップ川
ソロアンナイ
カムイエクウチカウシ山
シカシナイ山
ピラトミ山
シュンベツ
大山
アブカサンペ川
西川岳
日
コイカクシュサツナイ岳
北海道
下川山
コイボクシュシベチャリ川
ヤオロマップ岳
パンベツ山
シビチャリ山
2
パンケベツ
ペンケベツ
鱒取り川
左の沢
(中の沢)
サツシベチャリ川
ルベツネ岳
高
3
コイカクシュシベチャリ川
ペテカリ川
ペテカリ岳
4
5
ウチイチ山
ベツピリカイ山
1
アベウンナイ
イワナ沢
6
セタウシ山
ベツピリカイ川
中ノ岳
イベツ
ピリカイ山
ピラシュテ
三石川
神威岳
山
シュオマナイ川
ソエマツ岳
美河
礦区の沢
ピリカヌプリ
清瀬
ショロカンベツ
春別岳
咲梅川
中の沢
脈
川上
道の沢
稲見
歌笛
野塚岳
円山
上野深
ナイ川
寒別川
ベッチャリ
野深
十勝岳

染退川・三石川・梟舞川・元浦川流域図

（染退川《シベチャリ》は現在の静内川の旧称）

I　出会いと別れ

1　父は走った

小学校の校舎の窓に激しく打ちあたる雨と、強風に大きく揺らぐポプラの木を眺めながら、私は〝こまったなあ〟と二時間後に迫った下校のことを気にしていた。朝、家を出るときは雨の降りそうな天気ではなかったので、雨具の用意はしてこなかった。ところが、学校に着いて一時間目の授業が始まった頃から急に雨が降りだし、それに風も加わって、降りしきる雨の繁吹《しぶき》が窓の外を白く煙らせるほどの荒天となった。雨具もなしで無事に家まで帰れるだろうかと、私はしきりに気を揉んでいたのである。

しかしその雨も、風がおさまると同時に小降りとなり、四時間の授業が終わる頃には、ほんの霧雨程度になっていた。

私は、下校時にはいつも、四年生の兄や同じ山に帰る上級生を待たず学校から家までの道を一人で帰るようにしていたので、その日も授業が終わるとすぐに校門を後にした。そして、町外れの本道から左に折れて湧別線の踏み切りを越え、まっすぐに、五鹿山《ごかさん》に向かっている道を足早に歩いて行った。

五鹿山の入口には、太い門柱が道を挟んで左右に二本立っていた。そこを過ぎるとすぐに道は左へ曲り、五鹿山の山裾に沿って大きく右回りに続いていて、そのカーブの中途で左右二叉に分かれていた。左は福島団体の開拓地に通じる道であり、右が私の帰る山道であった。

この五鹿山の、道に面している右のヒラマエ（斜面）一帯には桜の木が立ち並んでいて、つい先月の中頃まで、そこは花見の人でにぎわいを見せていた。その桜のヒラマエが尽きるところで、右の山から下へ延びている沢口牧場の木柵が道を横断し、左の林の中へ続いていていた。

その木柵の馬栓棒《ませんぼう》をくぐり抜けたとき、私は、木柵に沿って放牧馬の踏み跡がついた道から柵の向こうの泥濘《ぬかる》みの道へポンと跳《と》び降りたらしい、裸足《はだし》の足跡を見つけた。その足跡の主は、そのまま道なりに、それもたった今、歩いて行ったばかりであるように私の目には映った。

ここは、オホーツク海に面した北見の中湧別で、五鹿山へ続く峰伝いから上湧別に至る山脈《やまなみ》の周辺、および本間沢から芭露川の奥にかけての広大な原生林地帯は、苫小牧《とまこまい》に本店を持つ今藤田製炭所の持ち山であった。山主の藤田隆蔵氏は、まだ四十歳の若さで、各所の山を回って歩いては、たった一人で製炭業を続け、湧別のほかに十勝、日高などにも木炭山を持っていた。（この藤田製炭所は現在の藤田産業の前身であり、苫小牧の前商工会議所会頭・藤田隆一氏は、隆蔵氏のご長男として生長された方である）

私の父は当時、日高の賀張《かばり》から慶能舞《けのまい》の奥まで続く藤田の木炭山で一介の焼子として働いていたが、窯を造る技術と良質の木炭を製炭する技を見込まれ、藤田社長が新たに購入した中湧別の山に山頭兼務の帳場として入山した。それは、私が六歳の時のことであった。

往時、このあたりの山からサロマ湖近くの原生林にかけての一帯には、野生の鳥獣が数多く生息していた。なかでも羆《ヒグマ》の徘徊が顕著で、近くの内山牧場では、放牧中の牛や馬への被害が年に何回も発生していたという。

羆は、父の担当する木炭山にもしばしば姿を現わした。とくに五鹿山の入口に立つ門柱の手前から右に入る道を奥へ行ったところに入山していた増田、西川、池田などは自分たちの住居の近くまで出てくる羆のために、いつも悩まされている、と聞かされていた。

本間沢や芭露川の上流にも道下、加藤、長谷川、中川、武井、山本など、大勢の焼子が入山していたが、自分たちが働いている有様をジッと見ている羆を目にすることもしばしばあったという。

この本間沢や芭露川はまた、渓流魚の宝庫とも言えるところで、ヤマメ、イワナ、アメマスの魚影も濃く、私は六歳の頃から、母につくってもらった釣り道具を持って川遊びに興じたものであった。

小動物ではヤマウサギが多く、鳥類では皆が単にヤマドリと呼ぶ蝦夷《えぞ》雷鳥が沢山いた。

そして、私や友達がいつも不気味に思っていた獣に、山犬と呼ばれ、集団で動き回る体の大きな犬たちがいた。母が、「昔から北海道に生息し、絶滅したはずのエゾオオカミにそっくりだ」と語っていたが、それは体型から灰褐色の毛色に至るまでエゾオオカミによく似ていた、と思われる。

木炭山の事務所は、本間沢の右の支流のずっと奥へ入ったところにあり、そのあたりは広々と開けた高台のようになっていた。事務所から中湧別の市街までは五キロほどあって、私が通っていた小学校はその町外れに建っていた。学校から五鹿山までは二キロ、そこから山道を三キロ行けば私の帰る家である。

さてその日、沢口牧場の柵をくぐり抜けたときに見つけた裸足の足跡は、雨にうたれて泥濘《ぬかる》んだ道を嫌った大人が、爪先立ちになって歩いていったものと私の目には映ったのである。

〝あれっ、誰か先に行ったな。走ったら追いつけるかもしれないぞ〟と思った私は、小走りにその足跡を追った。

道を右へ曲り、ダラダラと五十メートルほど続く傾斜のゆるやかな坂道の下に出て上へ目を向けたとき、私は、チラリと動きながら消えた黒い人影らしいものを見た。

「おじさーん、今行くから待ってよーっ」

一声大きく呼びかけてから、私はトコトコと走って坂道を登った。

いかに一人で歩きなれている山道といっても、まだ二年生の子供である、連れがあったほうがいいと思ったのであろう。

だが、私が坂道の上に立ったとき、見通しのよい前方の路上には、たった今行ったと目される人の姿はなく、一号の窯《かま》と思われる辺りの木立ちの上に、ただ窯から吐き出された白煙がゆらめきながら立ちのぼる様が見えるばかりであった。

〝変だなあ。どこへ行ったんだろう〟そう思いながら私は、裸足の足跡を辿ってまた歩きだした。そして五メートルほど行って足を止め、地面を見つめた。泥濘んだ路面の一画が、何かゴミカキのようなもので引っ掻いたように荒らされ、その辺り一面に裸足の足跡がしるされていた。さらに目を転ずると、山側の片崩しになった路肩に生えていた青草が踏みつけられていて、その踏み跡の草が、見ているうちに、ゆっくりと立ち上がり始めた。

〝なんだ、たった今、山へ上っていったんだ〟と気づいた私は、路肩の踏み跡に足をかけ、自分も山に上ろうとしたが、そのとき、いつも母が言っている言葉を思い出した。

「六月の朔日《ついたち》は、ムキの朔日といって、昔からの言い伝えがあり、人間でもいつかはどこかで脱皮といって全身の皮を脱ぐものだそうだよ。その日が六月の朔日で、脱げた皮は桑の枝にぶら下がっているそうだよ。それを見た人は、かならず不幸な目に遭うといわれているから、六月中は桑の木の下に行ってはいけない、と母さんたちが子供の頃、大人の人によく教えられたものだから、お前たちも行くんじゃないよ」

ところが、たった今、大人の人が上っていったと思われるそのヒラマエには百坪（三三〇㎡）ほどの桑の木の群落があり、ほかの木はそこに一本たりとも生えていなかった。七月の下旬ともなれば桑の実は黒く熟し、それを山の子供たちが口の中が真っ黒に染まるほど夢中になって食べあさるところでもあった。

路肩にかけた足を下におろし、桑の木立ちを透かしみた私は、下草のない落葉の斜面に、人影らしいものも動きを示すものも見出すことはできなかった。ただ一つ、左手前方四、五十メートルほどの木立ちの間に、木の根株と思われる黒いものがわずかに見えていた。

私は、路肩の草に膝をつき、大きな声で桑の木立ちの方へ呼びかけた。

「おじさーん、どこへ行くのー。裸足で山を歩くとトゲがささるよー。早く降りておいでよーっ」

と、そのとき、左手前方の木の根株と思っていた黒い塊りがゆらりと動いて、ウォーッと一声、腹の底にひびくような声が聞こえた。

「ああ、あんなところにいた。今、行くから待ってよ」

と声をかけ、路肩に一歩足を踏みだした瞬間、いきなりガバッと後ろから自分を抱え上げたものがあった。びっくりして声も出せず固く目を閉じたままの私を抱えたものは、そのまま道なりに走っているようであった。しばらく走り続け、やっと立ち止まって息をはずませながら私を道におろしてくれたのは、思いがけなくも私の父であった。

そこはもう、成田一家が用いている一号の窯が目前に見えるところで、窯の一番奥に設置されている三本の煙突からは、生木が燃えてゆく際に出る水蒸気と木が燃えて出る煙とが混じり合った真白い煙がモクモクと中天高く立ちのぼっていて、白雲と見紛うばかりに大きくなった煙が遠く青空のかなたに溶け込んでいた。

窯の前で帰り仕度をしていた成田の夫婦としばらくなにか話をしていた父は、こちらへ戻ってくると、私をうながして歩きだした。

後日、父が語ってくれた事の経緯《いきさつ》は次のようなものであった。

子供たちが学校へ行った後で用事のできた父は、中湧別の市街に出かけたが、折り悪《あ》しく用事の途中で雨に降られ、いつも腹拵《ごしら》えに立ち寄る駅前の早川飲食店に入って雨の晴れるのを待っていた。そのうちに雨も小降りとなって、やがて霧雨から小糠雨となり、濡れてもそんなにひどくはないと見極めた父は、大急ぎで用事をすませ、帰途についた。

踏み切りを過ぎ、煉瓦場の急坂を登りつめたところで、遠く、五鹿山の入口に建っている門柱のそばを行く小さな子供の姿を目にした。〝あれっ、あそこを行くのは保だな。また一人で帰るところだぞ。おっかないことを知らない奴だから仕様がないな。そうだ、もう少し急いで追いついてやるか〟と思った父は、なお一層、足を早めて歩きだした。

やがて五鹿山の山裾をめぐり、沢口牧場の木柵に設置されている馬栓棒の下をくぐり抜けたところで、泥濘みにくっきりと印《しる》されている熊の足跡を目にした。さらに、子供が走ったらしい小さな足跡がある。〝あっ、保が熊に追われている〟と、そのとき父は、その足跡を見て咄嗟に判断したという。

そして父は、夢中で坂を走り登った。

まもなく、坂の頂上近くで子供の叫ぶ声がかすかに聞こえ、さらにその声を掻き消すように、ウォーッと一声、それは恐ろし気な熊の怒り声が耳に突き刺さった。

父は走った。自分が身に寸鉄も付けていないことすら考えぬまま、走った。走り登った坂の上に熊の姿はなく、保が路肩に足を掛けて今まさにその上に這い上がろうとしているところであった。それを見た父は、声をかけるいとまもなく一目散に走り寄って、小さな吾が子を小脇に抱え、ひたすら走り続けたのであった。


一号の窯を後にしてから、父は初めて私に話しかけた。

「保、お前あそこで何をしていたんだ」

私は、どこかのおじさんがあの柵のところから裸足で歩いてきたこと、坂の上から山に上ったから一緒に帰ろうと思って早くおりてくるようにって呼んでみたら、とてもでっかい声でウォーッと言ったこと、そのとき、木の根株だと思っていた黒いものが動いたこと、そんなことを話した。すると父は、

「そうか、危ないところだったな。保よ、あれはな、人間ではなくて熊だったんだ

ぞ」

　と言って、熊とはどんなに恐ろしい動物であるかということを、道を歩きながら教えてくれた。

「それにな、この下の林は、いつも熊のいるところだから、あんまり一人歩きはするなよ。今日のように熊に声をかけて怒らせると、殺された上に喰われてしまうからな」

　とも言って、注意を与えてくれた。

　道はいつか急坂を過ぎて、山の中腹に設けられた片崩しの道となった。ここからはサロマ湖が指呼《しこ》の間《かん》に望見され、開拓された福島団体の農地が眼下に広がっていた。一面に植栽されたハッカの緑が、時おり吹くそよ風に揺れているのか、白い葉裏をみせ、それが波のうねりのように見えていた。

　この日が、私と羆との初めての出会いの日となった。

2　舞茸採り

月日が経って、その年も秋となった。九月二十日すぎの日曜日、長姉の初恵に連れられて、私は五鹿山の峰続きになる一《ひと》山蔭の増田のところへ出かけていった。

昨日、事務所に物品を受け取りにきた増田のおじさんが、父に、

「帳場さん、そろそろ舞茸《マイタケ》が出始めたから採りにきたら」

と言って帰った。だが翌日の日曜は、父と母は用事があって市街に出たため長姉が行くことになり、一人で行くのはさみしいというので私が同行することになったのである。

増田の家に行ってみると、炭出し小屋で木炭の俵詰めをしていた夫婦が、訪れた二人を見てすぐに外へ出てきた。

「おお、初恵ちゃんが来たのか。そんなら場所を教えるから、たくさん採っていくんだな」

増田のおじさんは、そう言って向かいの山に目をやり、点々と見えている切り株

のうち、おもだった株を指差して、あれとあれを廻ってみるようにと勧めてくれた。

「それからな、根っこのまわりは、よっく見るんだよ。たいていの古株はまわりに笹が生えていて、六尺も七尺も離れたところに出ている茸《きのこ》もあるんだから、見落としのないように、よっく見ていくんだよ」

言われた通り山に登ってみると、藤田の木炭山が始まるよりもずっと前に造材山が施行された場所なのであろう、大木のミズナラやカツラ、ニレ科の喬木《きょうぼく》オヒョウダモ、モクセイ科のヤチダモやアカダモのほか、シナやホオなどの古い大木の根と、カエデ科に属する各種のイタヤ類、ソネ、アサダ、クチグロ、アオダモ、イシナラなど、この木炭山が始まってから切り出されたものと思われる、まだ新らしい木の根とが混じりあって残されていた。

そんなヒラマエの中で特に大きく見えるミズナラの根元を回っていくと、そのうちの何カ所かの根に、今が出盛りの舞茸が見つかった。

ただ、一カ所、根元を笹に被われた根株があって、舞茸のいい香りがしているのに、どこを探しても茸が見つからないところがあった。

「どこだろう。こんなにいい匂いがしているのに見つからないなんて、変だわ。どれ、タモちゃん、お前ちょっとそこを退《ど》いてみてよ。あらあら、お前、茸を踏んでいるでしょう」

と姉が言った。私の立っていた笹の中に、小振りの舞茸が一つ発生していたのである。

そんなこともあったりしたが、五、六カ所の切り株を回った時にはすでに、姉の袋は一杯になり、やがて私の袋も一杯になった。

二人は山を少し降ってから、中峰の、見晴らしのいい落葉の散り敷いたところに坐って、持参のおにぎりを出した。

昼食が終わり、中峰伝いに七号の窯（増田の家）を目指して山を下り始めたとき、なんの気もなく向かいの山を見回した私の目に、異様とも思われるほど黒く大きな獣のもくもくとうごめく姿が目に入った。

「ねえちゃん、あれはなによ」

姉の手にすがりつきながら、私は片方の手を上げてその獣を指差した。

「どれ、どこにさ」

私の指先を目で追った姉の体が、一瞬ピクッとふるえて固くなったのが、私の手

に伝わった。その手を取った姉は、傍らの大きな木の株の後ろに回ってうずくまり、
「タモちゃん、動いたら駄目だよ。あれは熊だからね」
と、小さな声で私の耳元にささやいた。根っこの後ろに腹這いになった私は、そーっと頭を上げて、熊の方を見た。

熊のいるところは、小沢を一本越えた向こうの峰で、そこには芯が大きく腐れ上がった、製材にも木炭にもならないシナの大木が立っていて、その木には太い山ブドウの蔓がからまりつき、黒く色づいた実の房が枝もたわわに生《な》り下がっているものと見受けられた。

そして熊は、身を隠した二人に気づいた様子はなく、上を見ながらその木の下を歩き回り、そのうち歩くのを止めて、しばらく木の上を眺めていたように見えたが、今度は一気にその木に登り始めた。

私はびっくりして、その有様を見ていた。あんな大きな獣が木に登るなんてとても考えられなかった。

やがて、高いところまで登った熊は枝にからまったブドウ蔓や葉の混み合っているところへ姿を隠した。

そっと立ち上がった姉は、私の手を取り、体を低くしたまま七号の窯へ向かって静かに歩きだした。反対側のもう一本の小沢に下ると、熊の登ったシナの木は視界から消えた。

二人は、急いで沢を下り、増田の家の横から七号の窯の前に出て、増田のおじさんとおばさんに茸を見せながら熊の話をした。すると、

「そうか、あいつまた来ていたか。この頃は家の近くまで来て窓から中を覗くこともあるんだが、それ以上、あんまり悪さをしないもんだから、なるべくおどかさないようにしているんだがな。まあ、あと一カ月か四十日ほどで冬眠に入るべから、もう少しそのままにしておくべさ」

と、おじさんが言うのである。

家に帰ってその話をすると、父が私に尋ねた。

「どうだった？　お前、おっかないと思わなかったか。今日は、よっく見たんだろう、どんなものだった？」

「うん、あんまりおっかなくなかったよ。だけど、あんなでっかいのが木に登ったんで、びっくりしたよ」

「そうだべ。あんなのが木に登るなんて思えないものな」

その日は、姉と私が採取してきた舞茸の処理をしながら、そんな話をしていたが、次の日、私たちが学校へ行った後で、今度は父と母と姉の三人が、また舞茸採りに山へ行った。そして私が学校から帰ったときには、庭の土間に敷いた莚《むしろ》の上に沢山の舞茸が並べられ、細かく裂いた茸を糸に通して日干しにする作業が進められていた。

その日も、昨日と同じ熊が出てきて、例のシナの木に登ってブドウを喰っていた、と父たちは話していた。

3　羆、馬を襲う

増田の家から一キロほど奥に、池田という焼子が入山していた。この池田の家には私や四年生の次兄・忠劼《ただかつ》の同級生で、一夫《かずお》、二夫《つぐお》という兄弟がいた。二人が学校に通う道は、私たちの通学路より一本上手にあたる、八幡様や馬頭さんを祠《まつ》ってあるお宮の通りで、子供たちは皆、この道を神社通りと呼んでいた。

神社通りを歩くのは池田兄弟のほか、西川悟《さとる》、ミサ子、増田信一、成田勇三、アサ子、アイ子と、藤田の山から通う子供たちが八人もいた。

私が一年生の頃は、一号の窯がまだ全盛期で、成田の兄弟は私たちと同じ五鹿山通りを通学していたのだが、一年生になったときには立ち木も少なくなり、五鹿山から奥の裏山に移っていったのである。

ところが、増田の家やその近くの山に姿を見せていた熊と同一と思われる羆が、今度は池田の家や通学路である神社通りのあたりにまで姿を見せるようになって、子供たちが学校にも行けない日が何日もあったという。大人たちは、そんな子供たちを学校へやるため、石油缶をたたいたり、ラッパを鳴らしたりしては山道の三キロあまりを送り迎えしている、とも聞いていた。

そんな晩秋の一日――。その日は土曜日で、午前中に学校から帰宅した私は、福島団体の開拓地を横切って、刈り取りの終わったハッカの根株が整然と並ぶ畝間《うねま》より抜け出、本間沢の本流伝いにサロマ湖へ向かう小道を通って内山牧場の中を突っ切り、放牧の馬や牛を横目にしながら、牧場の外れから雑木の茂る原生林の中へと足を踏み入れた。

牧場と原生林の境に設置されている木柵を潜り抜けて林の中に入ると、あたりはほんのりと暗くなった。

木柵の外れからはヤチダモやアカダモ、オヒョウダモなどの喬木が立ち並び、それに混じってトドマツの大木が、ミズナラやイシナラそして各種のイタヤの木々が繁茂する雑木林の中に、空を圧して立っていた。

私が辿る細道は、その林の中を突っ切って流れる本流沿いに延びていて、やがて目の前が明るくなると、もう、すぐそこの開けたところがサロマ湖である。

今、私が訪れようとしているのは、サロマ湖畔の小部落、テイネイと呼ばれる小さな漁村であった。

林の中の細道は、サロマ湖畔の河口近くで本流と別れて左へ続く。しばらく行くと、湖畔近くの道端に小さな丸い沼が現れる。この沼には小さなエビが泳ぐのもままならぬほど群れていて、沼の岸辺には、大きい釜を据え付けた小屋が立っていた。そのエビをタモ網ですくいあげ、釜で煮て佃煮を造って売っていたものだが、この小さな沼のエビがいくら捕っても尽きることがなく、そこの漁師をして何年間ものの長期にわたりこの佃煮だけで生計を維持せしめているのだ、とも私は聞いていた。

さてその日、内山牧場の牛や馬を遠くに見ながら、雑木林と牧場の境にある木柵をくぐり抜け、仄《ほの》かに翳《かげ》った木立ちの中へ足を踏み入れたとき、私は、本流の向こうの林の中で、何か黒いものがもくりと動いたのに気づいた。〝あれっ、なんだろう。柵の外に馬が出たのかな〟と思うと同時に立ち止まった私は、それが立ち木の蔭で動き、しかも下草の中に伏せてしまったこともあって、定かにその正体を見きわめることはできなかった。だが、それが二度目に体を起こしたとき、増田の山で先日見た熊と同じ獣であることは、すぐに判別することができた。目を凝らしていると、大木の蔭からそろりと立ち上がって前に出たその熊は、私の方など見向きもせず、木柵近くで草を食《は》んでいる農耕馬の一頭に忍び寄っているように見受けられた。

〝あれは熊だぞ。あいつ、あの馬を喰うつもりなのだろうか〟と思いながら、私は傍らの太いヤチダモの木に体を隠して様子を見つめていた。幅は四メートルはあるし深さもだいぶあると思われる本流の流れを間にしてのことだけに、それほど恐ろしいとは思わなかったが、〝こっちへ来たらどうしよう。馬や牛の沢山いる、明るい牧場の方へ走ろうか〟などと考えながら、熊の動きを注意深く窺っていた。

その熊は、頭を下げ、大きな体を折り曲げるようにしてソロリソロリと立ち木の間を縫い、木柵の方へ進んでいった。一足一足、音を立てず、まるで辷《すべ》るように、無心に草を食《は》む農耕馬の背後に忍び寄っていった。

そこまで見た私は、自分の身に危険はないことを知ると同時に、背を低くして今来た道を引き返し、林の入口にある木柵の間から頭を出して農耕馬の方を見た。

牧草を食んでいた馬は、すでに林の側《そば》まで来ていたが、自分の近くまで忍び寄ったものの気配にすら未だ感づいていないらしく、木柵の際に生えている青草をむさぼるように食《は》んでいる。

そのとき、どこをどうしたのか、見分けもつかないうちに、突然黒い塊りが林の中から躍り出たと見るや、一心に草を食んでいる馬が頭を上げる間もあらばこそ、左の前足でその下げた頭を押えつけ、もう一方の前足でたてがみのところをガッチリと摑み、力にまかせて捩《ねじ》り曲げた。

地面に付くほど頭を押えつけられた馬は、ヒィーッと、細くふりしぼるような声を立て、四肢を踏ん張って倒されまいとしている。そしてまたもや、今にも消え入りそうな哀れな声を上げた。

農耕馬の悲鳴を聞きつけたものか、近くにいた牛や馬が一斉に頭を上げ、右へ左へ走り回りながら、ヒヒンと啼いたり、ブルブルと鼻を鳴らしたりした。

熊はすでに馬の頭を地面に押しつけ、たてがみのあたりに喰らいついていた。もう、すぐにも馬は倒れそうになっていた。そのとき、走り回る牛馬の中から、一段と体のでかい牡牛が一頭、鋭い角を振り立てて走り寄ったと見るや、後ろ向きになって馬を押えつけている熊の横腹めがけて突っ込んでいった。と同時に、ダーンと一発の銃声が上がって、畜舎の方からバラバラと数人の牧夫が走ってくるのが目についた。

〝見つけられたら叱られる〟と、咄嗟に思った私は、林の中の細道を、サロマ湖めざして走りだしていた。

そして間もなく、夕陽に赤く染め上げられたサロマ湖は、キラキラと陽の光をはじき返しつつ、いつもの優しく穏やかな表情で、息をはずませて走りついた私を迎えてくれた。

ここからは後日の話となる。人伝てに聞いたところによると、あの時の熊は、牡牛の角を横腹に打ち込まれ、さらに頭上に抛《ほう》り上げられて、そのまま地上に叩きつけられた。それでもなお、熊は立ち上がるとともに、己れよりもはるかに大きな牡牛に向かって激しく戦いを挑んだ。

銃を手に駈け寄った牧夫たちも、あまりにも激しいその争いを、銃を撃つこともできぬまま、手に汗して見守るばかりであった。

しばらくは一進一退の、それは激しい戦いが続いた。しかし、いかに野生の猛獣とはいっても、己れの三倍にも近い猛牛の、寸時もおかぬ攻撃を受けては、熊は除々に劣勢にならざるをえなかった。というのも、最初の一撃によって受けた脇腹の傷口からは、内臓がダラリとはみ出し、多量の出血もあって、長く戦ううちにすっかり体力を消耗してしまったのだ。それでも最後の力をふりしぼるように立ち上がった熊は、牡牛の首に爪を立てた。そのとき、下からすくい上げた牡牛の角が、前足の付け根にグサリと突き刺さり、熊はそのまま大きく一振りされた。力尽き、よろよろとよろけながら傍らの太い木の切り株に体をあずけたところへ猛然と突っ込んできた牡牛の角で、熊は胸骨を砕かれ、そのまま切り株に押しつけられて、もう立ち上がる気力も失せ、口から真っ赤な血を吐き出して、やがて息絶えてしまったという。

この話は、その後しばらく人々の語り草にされ、牡牛の勇敢な戦いぶりをほめたたえる人が沢山いた。しかし、その戦いの前半に目撃した事柄を、私は何年も後まで誰にも話さなかった。なぜかと言えば、こんなことを話したなら間違いなく、〝サロマ湖へ行くことを父母に止められる〟と、子供心に思ったからである。


それから少し日が過ぎて、そろそろ初雪が訪れようとしていた頃のある日のこと、一山蔭の池田の家に熊が入って鍋に入れてあった飯を喰った、との知らせがあった。幸いにも子供たちは学校に行っており、池田夫婦も山で働いていたときであったので、家には誰もいなかったが、昼飯にするため家に戻ってきたら、家の中が荒らされていた、という。その年は例年になく山の稔りが悪かったのか、熊は降雪間近になってから人家に押し入ってくるようになったのである。

夏の終わり頃から増田の家の周りや窯の近くをうろつき、はては通学路にまで姿を見せていた熊が、すっかり人馴れしてしまったあげく、家の中にまで入ってくるようになっては、もはや放置してはおけない。焼子たちは、私の父と相談して、銃を一挺購入することに決め、皆で金を出しあって村田銃の二十八番を買い入れて、一番被害のひどかった池田の家にその銃を置くことにした。父は銃に精通してはいたが、仕事の関係上とても銃を携帯して山歩きをするほどのいとまはなく、銃を扱ったことのある池田が所持者として適任であるということになったのである。

だが、それほど周到な手段を講じて出現を待ったにもかかわらず、熊はそれ以降プッツリと姿をみせなくなった。そして間もなく雪が来て、冬眠に入ってしまったものと思われた。

その頃、北見の冬は、豪雪という言葉そのままに、毎日のように雪が降りしきり、通学路もたちまち腰までの雪で埋まってしまうことが度々であった。それでも五鹿山では、当時の私たちの目に珍しく映った、スキーに乗ってすべる人たちが沢山いたものである。

そんな厳しい冬もいつか過ぎ、春先の固雪が融け始めた頃、またしても炭窯近くの山に熊の足跡が見られるようになった。冬眠から覚めた熊が、食を求めて歩き回っているものと見受けられた。この熊が池田の手で撃ちとられたのは、それから間もなくのことであった。こうして子供たちは安心して学校に通えるようになり、大人たちも山仕事を続けられるようになった。

4　暗闇の音

野末の果てに日が沈んで、ねぐらに帰る鳥の群れも見えなくなり、農道の終点から沢伝いの山道を辿る頃には、辺りはゆったりと暮れなずんでいた。その夕暮間近の山道を、今、二人連れの子供が歩いてきた。一人は、チビと呼ばれる部類に入る男の子で、もう一人は、男の子より少し背の高い、スラリとした可愛い女の子である。

今日は日曜日で全校が休みであったが、近くの学校で運動会があり、二人は揃って「他校選手のリレー競技」に出場し、夕刻になってここ咲梅《さくばい》の木炭山に戻ってきたのである。男の子は私であり、女の子は大橋清子という名で、私の父が山頭をしている木炭山の焼子の娘であった。

話は少し遡る――。私が三年生になったとき、父は中足寄《あしよろ》の山に転勤となり、私たち一家は中湧別の山を離れた。私は中足寄の小学校に四年生まで通学し、その後は帯広に住む長姉のところに妹と二人であずけられた。そして五年生の三学期、父が再び転勤となって入山した、日高の三石郡歌笛村字川上咲梅という沢の奥にある木炭山に呼び寄せられ、長姉夫婦と一緒にそこへ移ってきたのである。

六年生になった五月の末、川上小学校の運動会で好走した私は、五年生の清子とともに学校を代表するリレー選手となり、近村の小学校で開かれる運動会に出場するようになった。

その日は、山ひとつ陰の部落、野深の小学校で運動会があり、担任の松田先生に連れられて、補欠を含む男女五名ずつの選手が朝早く出発した。川上橋からルベシベに出て、円山の裾から農道を奥へ進み、枝沢沿いに中峰から山に登ってスズランの群生する高台を野深に向かった。

この辺りの山は赤心社の山と地元の人が呼称しているところで、その頃は牛や馬の放牧場となっていた。そんな家畜を狙ってしばしば羆が出現し、毎年のように牛馬への被害が発生していた。

そんな山道を越えて野深に下ると、ポツンポツンと点在する農家の間に、目指す野深小学校があって、色とりどりの旗がはたはたと風にひるがえっているのが望見された。

近づくと、今は何かの競技中なのであろう、ワアワアと騒がしい人声がした。グラウンドの近くには出店が並び、子供たちが連れ立って小さなオモチャや駄菓子のようなものを買いにきていた。

私たちは川上小学校選手控席と書かれた立札のある莚《むしろ》敷の席に案内され、そこに坐って出番を待った。競技は次々と進んで昼の休憩も終わり、他校選手の対抗リレー競技が始まったのは午後の二時に近かった。

女子のリレー競技が先に行なわれ、ピストルの音とともに各校の選手たちが一斉に走り出した。五年生ながら、三走・清子の走りはめざましく、バトンを受け取ると間もなくトップに躍り出た。そして他校の選手を五メートル以上も引き離し、アンカーの山本政子はトップを走り抜いてテープを切ったのである。

次いで、いよいよ男子のリレーが始まった。走りだした選手の集団が落ち着いたとき、一走の木下は三位を走っていた。二走の水丸も二位に近づきつつあったものの、三走・元茂重忠にバトンが渡ったときは、僅差でまだ三位であった。

重忠の好走で一人を抜いて二位に上がり、さらに一位との差をもつめつつあった。そしてアンカーの私がバトンを受けたとき、一位との差はおよそ三メートル。トラックを半周したあたりで、前を行く選手の走りが限界にきているように、私の目は捉えていた。

その差はざっと一メートルにつまり、最後のカーブを回って直線コースでラストスパートに移ったときには、相手の肩が左横に並んでいた。ゴールまであと十メートル。ゴールに張られた白い紙テープがくっきりと見え、グングンとこちらに向かって迫ってきた。相手に二メートルの差をつけてゴールを走り抜けたとき、私の小さな体は大人の腕の中にあった。勢いあまってゴールを駆け抜けた私を、松田先生ががっちりと受け止めてくれたのである。

男女ともに一位となり、私たちは大きな祝福の拍手で送られ、互いに明るい笑顔を見合わせながら野深の部落を後にした。そしてスズランの峠道を過ぎ、夕方近くには川上小学校に帰りついた。

校庭で校長先生の祝詞をいただき、松田先生からはねぎらいの言葉をかけられた後、みんなの健闘をたたえ合いながら解散となった。夕暮れが近づき、家路をたどる友も一人二人と別れていって、咲梅の沢を行くのは私と清子の二人だけとなった。一番奥の農家、松本さんの畑が終わる山裾が咲梅川の岸辺まで張り出し、切り立った崖になったところがある。崖下の裾を削って造った道を過ぎたところで、左から沢が流れ込んでいる。これが、礦区の沢と呼ばれる沢で、あまり人の入ることもない、険阻《けんそ》な沢であった。この流れ込みからは、人家ひとつない川沿いの道となる。陽は落ちて、辺りはすっかり暗くなってしまった。

右手の暗い木立ちの中を流れる咲梅川の水音が、かすかに耳に入り、その川の瀬を渡るのか、ケッ、ケッ、ケクッッとひときわ高く鋭く鳴いて夜鷹が闇のしじまを切り裂いていった。

雑木林の中をしばらくゆくと、道の両側に広く開拓された牧草畑があらわれた。二人がその牧草畑に差しかかったとき、礦区の沢の入口から右に連らなる馬の背と呼ばれる岩山の峰の辺りで、ガウーッ、ガガーッと、何か大きな獣の嚙み合うような声がした。

「ウッ…」と、押しころしたような声を発した清子が、いきなり後ろからしがみついてきた。思わずその手を取って走りだした。清子も懸命に駈けだして、二人は一気に牧草畑を走り抜けた。

牧草畑の外れに右へ曲がる道路があって、道沿いに、咲梅川の左岸に入る支流が流れている。その小沢を二〇〇メートルほど入ったところに、七号の窯と清子の帰る家があった。

私はその別れ道で立ち止まり、荒い息を吐きながら小刻みに震えて私の右腕にしがみついている清子を見た。夜目にも白く浮き出たその素顔は、声もなく泣いているように見えた。

二人はここで別れ、私は、これからまだ一キロ以上も本流伝いに歩かなければならない。だが、清子は摑んだ手を離しそうにもなかった。

「清子、おっかなかったのか」

と聞くと、恥ずかしげにうつむきながら清子はこっくりとうなずき、小さな声で、

「うん」

と言った。そのときなぜか私は、この自分よりも少し背の高い清子が、まるで小

さな可愛い女の子のように感じられ、〝とても清子を独《ひと》りにしてこの支流の沢に帰すことはできない〟と思った。〝よし、送っていってやろう〟そう心に決め、

「清子、送っていこうか」

と言うと、清子はしがみついている手にいっそう力を入れて、うん、うんと、二、三度大きくうなずいた。

本流に架かる板橋を渡って、支流の沢に足を踏み入れた。道は一段と暗くなり、足下の窪みさえ見定めることができなくなった。あまつさえ、右腕にしっかりつかまっている清子が体を固くして密着させているので歩きづらいことといったらこの上もない。

やがて山裾の出っ張りを大きく右に回ると、すぐそこの左手の高台に、清子の家の灯が見えた。安心したらしく、やっと腕を離した清子が、今度は私の手を取って、

「ねぇ、うちに寄っていって」

と、うつむきながら言った。

「いや、帰るよ。また明日な」

「ちょっとでも寄ったら……」

その手をそっと握り返し、無言でうなずいた私は、戸口に立って見送っている清子の目を背に感じながら、再び暗闇の沢路へ足を踏み出していった。足さぐりで長い沢筋を前へ進み、本流の板橋が近いと思えるところまできたとき、ボキッと、枯木を踏み折るような音がした。

道からの急斜面を登りつめた上のヒラマエで、その音がしたように思われた。そこは本流の川岸からゆるやかに続く、落葉の散り敷いた斜面である。

ガサッ、ガサッと、またかすかに音がした。何かが落葉を踏んでゆっくりと歩く足音だ。立ち止まったまま耳をすまして聞くには、それはあまりにも不気味な物音であった。

ボキッ。またもや腐った枯枝を踏みしだいたような低く重い音がして、後はしーんと静まり返った。足音を忍ばせ、そーっと歩きだした私は、ぼうっと白っぽく見える板橋の上を、ゆっくり滑るように渡り終えて本道に出た。そして間もなく、本流に架かる木橋《もっきょう》を渡り、鬱蒼と繁る雑木林に覆われた真っ暗な道を、林の外れめざして一散に走った。

先刻の嚙み合いをしているような吠え声も、枯枝を踏み折ったような鈍い音や落葉の上を踏み歩くような音にしても、羆が発した音に違いないと私には思われた。

礦区の沢筋一帯は特に羆の多いところなので、山の人たちは皆、要注意個所としてマークしていたし、子供たちもいつも気をつけていて、夜道を歩くことなど、よほどのことでもない限りは避けていたのである。

ともあれ、そんなことがあってから、いつもよそよそしかった清子の態度が一変し、何かにつけて私を頼りにしはじめ、用事にかこつけてはよく遊びにくるようになった。

5　血の跡

いつしか夏がゆき、秋風の立ち始めたある朝早く、咲梅川の本流に焼子と馬車追いを兼ねて入山している高橋の娘で、清子と同級生の啓子が、息を切らして走ってきた。

高橋の家は事務所から二百メートルほど奥にあり、駈けてきたとしても息が切れるほど遠く離れているわけではない。だが、啓子の様子は只事ではなかった。その話によると、熊がきて馬小屋にいる馬をいま襲っているから、父に鉄砲を持ってきてほしい、というのである。

その頃、父は猟銃を三挺持っていた。その中の一挺、大型獣専用のウインチェスター四〇一というライフル銃を持って、父が高橋の家へ向かった。その後に従って行ってみると、熊はすでに山へ逃げ去って姿をくらまし、馬はと見れば、たてがみから平首《ひら》にかけて大きな傷がパクリと口をあけており、その傷口から少し血が流れ出していた。

子供たちはもうすぐ学校に出かける時間なので、それぞれが家に戻った。朝食をすませ、登校の準備もできて待っていると、啓子が妹の久子を連れてやってきた。カバンを肩に外へ出ると、支流の沢からも学校に行く子供たちが出てきた。そして途中の小沢の入口には従妹《いとこ》のフミが待っていた。

六年生はフミと私、五年生は月山建三、高橋啓子、大橋清子の三人、四年生は佐藤幸一が一人、三年生は妹の実子、高橋久子、岸絹枝の三人で、月山金四郎一人が二年生であった。

雑木林を抜けて土橋を渡ると、牧草畑の外れに立って私たちが来るのを待っている、大橋清子の姿が見えてきた。これで、この山から学校に通う子供たちが全員そろったことになる。

こうしてみんなは、各自が待ち合わせて集団登校するように、いつの間にかなっていたのである。そして下校時も、できるかぎり待ち合わせをして、なるべく大勢で行動するようにしていた。

その日、学校から戻った私に、父が話してくれた事の顚末は、次のようなものであった。

――朝、馬小屋の方から聞こえてきた異様な物音で目を覚ました高橋のおばさんは、ヒーッと苦しげにうめく馬の声と、ガタガタンと板壁を蹴るような激しい音を耳にした。間をおかず、また妙な馬の声らしい音が聞こえ、ガタンと板壁が鳴った。

「とうちゃんよ、なんだか馬が変な声を出してないているよ。早く起きて行ってみたら」

「うん、わかった。もう外は明るくなってきたか」

「そうだよ、もうそろそろ起きてもいい頃だよ」
「そうか。よし、起きて行ってみるか」

起き上がったおじさんが、大きなあくびをしながら身仕度を始めたとき、またもやガタンと音がして、ヒーッと、咽からしぼり出すような苦しげな声がした。

表に出たおじさんは、ひと目馬小屋を見てびっくりした。馬小屋の入口に立ちふさがった真っ黒くてでっかいものが、馬栓棒の上から体を乗り入れて、中にいる馬を押えつけているようなのである。〝熊だっ〟声も出ないほど驚いたおじさんは、家の中に飛び込むや、
「熊だっ、啓子、早く事務所に行って、親父さんに鉄砲持ってきてもらえ」
と言った。啓子は裏口から抜け出して二百メートルあまりを夢中で走った。

おじさんたちは窓辺に寄って馬小屋を窺った。小屋の中が暗いうえ、入口の熊が邪魔をして、様子は解らなかったが、ヒーッと鳴く声や、時おり後足で板壁を蹴る、ガタンという音で、馬がかなり苦しんでいるものと判断された。

〝これでは馬が殺されてしまう〟と思ったおじさんは、意を決して立ち上がると、地下足袋を履き、庭の片隅に立てかけてあった受掘り用の鉞《まさかり》を手に、表へ出た。

足音を殺して熊の背後に忍び寄り、鉞をそうっと頭上高く差し上げた。熊は己れの爪を打ち込んだ獲物に気をとられていて、後ろに迫ったおじさんには全然気がついていない。そろりと一歩前進したおじさんは、大きく振りかぶった鉞を思いっきり、熊の頭めがけて打ちおろした。ガツンと、したたかな手応えがして、鉞が撥《は》ね返った。

サッと体を横にかわしたおじさんが、もう一度鉞を振り上げたとき、馬小屋の入口を離れた熊は目がくらんだようにぐるぐると回っていたが、そのまま沢なりに奥の方へ走り去っていった。馬を見ると、耳の後ろのたてがみから平首にかけて、鋭い爪で引き裂かれたのであろう、大きな傷が口をあけている。

幸いにも、馬栓棒にアオダモの丈夫な木を使っていたため、熊の重みでそれが折れず、小屋に入り込めなかった熊は、ついに馬を地面に引き倒すことができなかった。そこへ、銃を持った父や私たちが駆けつけたのである。

私たちが学校に出かけた後で朝飯を終わらせた父は、ウインチェスターを背に熊の足跡を辿っていった。足跡に並行して点々と血が落ちていて、鉞の一撃によって熊が頭部にかなりの傷を負ったことは間違いないと思われた。川を渡ったとみられる辺りに血は落ちていなかったが、川から上がったとみられる箇所には、またもや小道伝いに点々と血の跡が続いていた。

しばらく行くと、昔、造材山で木材の流送《りゅうそう》に使った堤の跡があり、そこは約三メートルほどの滝になっていた。滝の十メートルあまり手前の左側に大きな岩があって、小道はそこから左の斜面を登り、大きく右回りに滝の上へ出られるようになっている。大岩の手前から左のヒラに上がるべく足を踏み出したとき、父はふっと何かの異状を感じて足を停めた。そこには、今まで続いていた血の跡がなかった。
二、三メートル後退した父は、もう一度川岸を調べてみた。血のしたたりは大岩と川の間にある狭い岩棚を通り、堤の方へ行っていた。大岩の前を回って右へ少し進むと、滝が見えた。落下する水がドウドウと耳をつくほどの音をたて、滝壺では白泡が湧き返っていた。
その左側に、堤を造った時に使用したと思われる古材が、崩れたまま重なり合った状態で放置されていた。その古材の後ろは、滝から続く崖が断層の走りのようになっていて、上部の張り出した岩の下に低いテラス状の空間があるように見受けられた。薄暗いテラスの辺りは、傷ついた熊が身を隠すには絶好の場所だ。〝あの古材の後ろに入っているな〟と見極めをつけた父は、そっと大岩のところまで後退した。大岩の手前に立ったとき、古材の中の一本がわずかに動いたのが見えた。銃の安全装置を外した。

父が持ってきた銃は、自動五連の強力なライフル銃であった。弾丸はニッケル弾で、弾の先に銅の部分があり、獲物に命中するとその部分が炸裂して獲物の内部を大きく破壊するようにできていた。それはダムダム弾ともいう、非常に殺傷力のすぐれた種類の銃弾であった。

父は古材の後ろに目を送った。オーバーハング状に張り出した岩の下の暗がりには、うごめくものの影さえ確認できなかった。だが〝あの陰に隠れているな〟と見透かし、〝よしっ、あの古材に一発、弾を撃ちこんでみよう〟と決めた父は、肩付けしたウインチェスターの銃口を古材の一本に狙い定め、静かに引き金をしぼり上げた。

カーンと無煙火薬特有の乾いた音が山肌にこだまして、古材の一部がパッとはじけ飛んだ。ウオーッと怒りの声を上げた熊が、古材の陰に立ち上がったと見るや、一気に古材の山を跳び越えて父の目前に躍り出た。

カーンと、二弾目の銃声が走り、その直後、父は大岩の根方を回った。――と、目の前を、突風のような勢いで黒い塊りが走り抜け、川下の小柴の繁みへ消えていった。〝川を渡るか、右の斜面を上るか〟次の出方を窺いながら、父は銃を腰に引きつけて、熊が消えたボサヤブの方へ近寄っていった。

そのヤブの外れに太いヤチダモの大木が立っていた。〝あのヤチダモのあたりか〟父は落葉の緩斜面を足音を忍ばせてゆっくり上っていった。思った通り、ボサヤブを突っ切った熊は、ヤチダモの根元に坐り込んで、時おり体をグラリグラリと揺らしていた。

熊の真横に立った父は、立ち木の幹に銃身を依託して、熊の前足の付け根に狙点《そてん》を定め、拳下がりの銃把《じゅうは》を握った。距離は二十メートルたらず。静かに時が流れ、銃声が峡谷を渡り、山肌深く消えていった。

熊は坐ったままの姿勢で首をめぐらし、父の方へ目を向けていたが、やがてゆっくりと身を傾けてドサリと横に倒れ、ときどき足を振っていたが、まもなく動かなくなった。近づいて見るまでもなく、熊は完全に息絶えていた。

倒れた熊をそのままにして緩斜面の上の小道に出た父は、右回りに道を辿って、滝の上から上流の二股の山裾にある二号の窯《かま》をめざして歩きだした。その窯では、高橋の息子二人が立て込みの終わった窯の口焚きをするため、昨夜は徹夜の仕事をしていたはずである。

二号の窯に着くと、昨日の朝から一昼夜にわたって焚き続けられた口火がすでに窯の中全体に回ったのであろう、二人はゴウゴウと燃える口火の熱さに顔をそむけながら口石を積んでいた。

「ご苦労さん。口焚きはもう終わったのか、早かったな」

「はい、おはようございます。鉄砲の音が聞こえていましたが、なにか撃ったんですか」

と兄の松男が聞いた。

「うん、熊を撃ってきたよ。手がすいたら手伝ってほしいと思って来てみたんだ」

「熊を撃ったんですか。この間から、窯の近くを歩いてウロウロしていたのがおったけれど、きっとそれですね」

「そうかも知れないな。今朝、お前の家の馬小屋を襲ってよ、馬を押えているところを親父が後ろから鉞で打って傷を負わせてしまったものだから、手負いのままではおけないと思って撃ったんだが、そのままにしてきたから、仕事がすみ次第、うちまで運んでくれないか」

「馬を襲ったって？　親父が熊を？　それで、誰も怪我はなかったんですか。馬は大丈夫でしたか」

と口速に松男が聞いた。

「うん、首の所に少し傷はあるけど、大丈夫だ」

「それはよかった。ちょっと待っていて下さい、大急ぎで口石を積んでしまいますから」

松男は弟の建造を相手にすぐさま口石積みを終わらせた。そして片付けを後回しにした二人は、父とともに下山の途についた。

咲梅川の本流もこの辺りまでくると水量が少なくなって、ほんの小川程度の流れとなり、ここで二股に分かれる。上流に向かって右の支流は、炭出し小屋の後ろから少し進んだ所で、急に幅が狭くなってしまう。左の本流も一キロたらずで源流となり、それを上り詰めた向こうの山陰は急坂となって三石川に落ち込んでいる。

さて二号の窯を後にした三人は、滝の下に下ってヤチダモの根元に立った。熊は四肢を投げ出した格好で息絶えていた。調べてみると、右耳の下に鉞による傷があり、跳び上がった際の銃創は、右後足の付け根にあたって骨を砕き、貫通していた。ボサヤブを突っ切った熊は、ヤチダモの根方に倒れ、そこで止《とど》めの弾を受けたのである。最後の弾は、左の脇腹、それも前足の付け根のところから入り右の腹に抜けていた。弾が貫通した穴は大きく荒れて、そこから内臓が垂れ下がっていた。

私が学校から帰った時には、肉になった熊は皆に分配され、皮はたっぷりと塩を塗られてナメシに出されるばかりになっていた。

これが、父が初めて撃った羆であった。

6　仔連れの羆

秋空は高く晴れ上がり、見渡す山脈《やまなみ》は緑の衣を脱いで早くも赤や黄に染まり始め、そろそろ落葉の散りしく季節が近づいていた。

私は歌笛の高等科に入学して、約十二キロの道を毎日、徒歩通学していた。そんな時季のある日曜日の早朝、高橋の次男の建造が強張った顔で駈け込んできた。高橋の受け持っている三号の窯の傍らに熊が出て、人の姿を見ても少しも意に介する様子はなく、窯の周辺を歩き回っていて離れてゆく気配は全然ない、というのである。

だがその日、父は家を留守にしていた。今朝早く、故障した猟銃を二挺持って、その修理のためと、苫小牧の本店に用事があるとのことで、出かけていったのであった。

家には村田銃の二十八番が一挺残っていたが、銃の取り扱いに慣れている私にも、母は持ち出しを許さなかった。

「お前は駄目だよ。鉄砲を撃って熊を追い払うだけならまだしも、お前ならきっと熊に向けて撃つんだろう。子供にそんなことをやらせるわけには、ゆかないよ」

というのだ。そこへ、上垣という馬車追いが物品を受けにきた。話を聞いた上垣は、ならば自分が行こうと申し出、母は銃を出してきて上垣に渡した。

銃を持った上垣を先頭に出発、次兄の忠劼と私、そして知らせにきた建造の三人が連れだって、その後に従った。犬が先になって走りだしたが、兄に叱られて、すごすごと引き返し、後からついてきた。

二号の窯に着くと、皆が炭出し小屋の屋根にのぼっていて、私たちに早く上がってこいと言った。彼らの話によれば、三号の窯で仕事をしていたが、熊が傍らにきて歩き回るので二号の窯に下ってくると、今度は二号の窯までついてきた、そこで炭出し小屋の上に上がったところ、たった今、熊は右の支流の沢に上っていったばかりだ、という。

実弾を装塡した銃を持って、上垣が右の支流に入っていった。だが、しばらくしても、鉄砲の音もしなければ上垣の姿も見えなかった。高橋のおじさんたちは屋根から降りて仕事を始めたし、私たちも皆、下に降りて上垣が戻ってくるのを待っていた。

「保、上垣こないからコクワ（サルナシ）でも採って帰るか」

しびれを切らした次兄が私に声をかけた。

「うん。でも、もう熟《う》んでいるかな」

「ああ、熟んでいるさ。少しぐらい固くても、米に入れておけばすぐやっこくなるぞ」

「そうだな。そんなら少し採ってゆこうか」

二人は支流の沢に少し入り、左側の急なヒラマエを上り始めた。

そこから窯の後ろに続く中峰を上ってゆくと、木炭にならない雑木の生えているところがあって、そこには山ブドウやコクワが沢山生《な》っている。私たちはそれを知っていて、去年もそこでずいぶん採ることができた。この支流を上っていった熊が、もしかするとそこへ行ってコクワやブドウを食べているのでは？　との不安もあったが、私たちよりも先に上垣がそこへ行ったはずだし、銃声がしないところをみると、そこに熊はいないものと推断された。

兄の後について急斜面を這い上ってゆくと、ふいに兄の足が停まった。そしてジリジリと後退し始めたのである。〝どうしたの…〟と、顔を上げて兄の方を見、その視線の先へ目をやった私は、一瞬声を呑んだ。〝熊だ〟二人が向かっている峰の近くに大きな熊が坐り込んでいて、じっと私たちを見つめていた。ここからは約三十メートル、もし熊に襲う気があるのなら、それはアッという間の距離である。

兄は私の横を静かに下っていった。兄にならって、私も斜面を降りだしたが、途中で足掛かりを失い、そのまま沢に辷り落ちた。沢なりに駈けだした二人は、窯の所で働いている皆に熊のいることを知らせ、梯子を駈け上った。

屋根の上から中峰に目を移したとき、熊はゆっくりと窯の後ろに下ってきた。よく見ると、その大きな熊の後からチョコチョコと、黒い小さなものがついてきた。仔熊だ。

「あれっ、子っこ熊がついてきたぞ。めんこいなあ。なあ保、あれを連れて帰るか」

と兄が言った。が、熊は、炭窯の向こう側から本流に下ったのか、屋根の上からは姿が見えなくなった。そのときになって、やっと中峰に上垣が現われた。

「上垣……、熊は本流の沢だ。早く来て撃て！」

兄が大声で叫んだ。

姿の見えなくなった熊は、たぶん本流伝いに上流へ行った、と誰もが思っていた。ところが、今度は窯の左側から皆の眼下に出てきた。そして窯の前まで来て立ち止まり、首を振り上げて私たちの方を見た。

上垣は、いったん窯の後ろに下ると、本流側の胴止めの上へ回っていってしまった。兄が手を振って〝熊はこの下だ〟と知らせても、こちらを見ずに本流の辺りにばかり気をとられている上垣には、状況がまるで摑めていなかったのである。

上垣がいる側と反対の急斜面に姿を見せた仔熊は、窯を造る時に削り取った崖と窯の胴止めとの境目をなんとかして下におりようとしてウロウロと歩き回っていた。親熊は下からその仔熊を見上げ、クフンと低く、優しげな鼻声を鳴らした。すると仔熊は思い切ったように崖の上に身を乗り出し、そのまま崖を辿り降りた。それを見て、親熊は軽く頭を一振りし、また本流の岸へ寄って下流に向かった。そして二股の所から川を渡り、対岸に上るとすぐ、後に続く仔熊には見向きもせずに、土砂崩れで剝き出しになった崖を上り始めた。

そのとき、それまでじっと熊の動きを見ていた愛犬のノンコが、声も立てず親熊めがけて走り寄ったと見るや、いきなり後足に嚙みついた。驚いた親熊は、振り向きざまに前足を振るって犬を叩いたが、同時に足掛かりを踏み外して、そのままゴロゴロと川岸まで崖を転がり落ちた。そして立ち上がるやいなや、一気に崖を駆け上がって、モックレ（木の根や雑草の根がからまりあって出来た固まり）の庇《ひさし》を苦もなく乗り越え、木立ちの斜面《ヒラ》に坐って仔熊の方に目を向けた。

一方、仔熊は本流の荒瀬に足を取られていたが、無事そこを渡り終え、崖下につくとただちに親熊の後を追って崖の急斜面を上りだした。

獣猟犬として育てられたノンコは、熊が転がり落ちたとき、一瞬熊の陰になり、あわや下敷きになったかと思われたが、体をかわしたと見るや、その崖を横に走り見事に体を立てなおしていた。そして今度は、崖を上りだした仔熊の後ろに走り寄って、仔熊を引きずり下ろした。

クーン、クーンと仔熊が哀れな声を出し、母熊に助けを求めているのか、かなしげに鳴いた。ウォーッと親熊は初めて大きな声を轟かして吼《ほ》え、伸び上がるようにして仔熊の方を見おろした。

上垣は、炭窯の胴止めに銃を依託して、親熊の横腹に狙いをつけたようだ。〝早く撃て！　何をしている〟見ている皆は気が気でなかった。

仔熊はなおも崖を上った。クーン、クーンと鳴きながら懸命に上った。それを再び駈け寄った犬が引きずり下ろした。立ち上がった親熊が、崖を駈け上ろうとする仔熊を見おろしながら、優しげな声でウォーンと吼えた。そして、ゆっくりと峰をめざして歩きだした。その素振りは、まるで人間の母親が、〝お前、そんなところも上れないのかい。そんなことで、これからどうするの。早くおいで。置いていくからね〟とでも言っている風に私には見えた。

と、ふいに立ち止まった親熊が、庇の上まで戻ってきて、犬と絡み合っている仔熊を見おろし、ウォンと、小さく呼びかけた。

上垣は、胴止めの横木に銃を据えたまま、動く気配もない。銃口から熊までの距離は、沢を挟んでいるとはいえ、直線にしてわずか二十メートルほどである。

ウォーンとまた親熊が、今度は少し長く呼び声を上げた。

「ノンコ、やめろ。戻ってこい」

と次兄が大きな声で犬を呼んだ。その声で、仔熊とふざけあっていたノンコが駈け戻ってきた。仔熊は崖を上って庇の下まで行ってから、右に左にうろつき始めた。頭の上に垂れ下がっているモックレの庇が高くて手が届かないのである。それを見おろしていた親熊は、また峰に向かって歩きだした。

庇に一カ所、太い木の根が垂れ下がっているところがあった。その根に前足をかけた仔熊が、ワオーンと一声、長く尾を引くように鳴いた。すると親熊は小走りにヒラを下って崖の上に戻った。そのとき、必死の体《てい》で太い木の根にしがみついていた仔熊が、ようやく庇の上に上がった。

それを見届けた親熊は、またもやヒラを歩き始め、後ろを振り向いてウォンと一声呼んだ。小さな仔熊が傍らに行くと、親熊はすぐに歩を運び、峰へ向かった。十メートルほど行っては立ち止まり、仔熊が近くまでくると再び歩きだす。そんなことを何回も繰り返しながら、やがて針葉樹や闊葉樹《かつよう》の生い繁る原生林の峰深くに親子熊は姿を消していった。

そしてついに、上垣が持った村田銃からは一発の弾丸も発射されることなく、この親子連れの熊騒動は幕を閉じた。

私が高等科を卒業して間もなく、山の切り上げが近くなった。三本木一家が真っ先に山を去り、続いて佐藤、月山、岸などが山を後にした。西川や上垣も去って、一番仲よくしていた清子との別離の時も近づいていた。

その頃、父は他出することが多くなり、毎日忙しく動き回っていたが、そんなある日、本店の藤田隆蔵氏の訃報が入って、慌ただしく父が出かけてゆき、身辺に重苦しい気配がみなぎるようになった。母や姉も沈んだ面持ちで、みな父が帰山するのをじっと待っていた。

本店との話し合いがどんな具合になったのか、今では知るすべもないが、頼る人に先立たれて一時は途方に暮れていた父は、近くに木炭山を購入して自営に踏み切ることにした。そして、この新しい山を始めるため、今まで住んでいた所より約二キロ下《しも》の、咲梅川の支流の沢に引っ越しをした。その沢は通称を「田中の沢」といい、沢の入口に田中さんという農家があった。

奥の山には未だ伊藤の叔父一家と高橋の一家が残っていて、残務整理をしていた。そして大橋の一家は、つい先日、様似の方へ移っていった。別れの日の涙に濡れた清子の顔が瞼に焼きついて、いつまでも消えなかった。

7　涙の川

秋も深まって、見渡す限りの山襞に紅葉が散り始めていた。

ある日、私は咲梅の奥に残っている叔父の家に馬を走らせ、そこで用事を済ませてから従姉妹《いとこ》の友ちゃんや同じ年のフミと一緒に夕飯を食べ、帰路についた。もう日暮れに近く、辺りはほんのりとした宵闇に包まれようとしていた。

馬（松山号）を走らせて、あの清子がいつも通っていた別れ道の近くまで来たとき、突然、馬の足が止まった。

「どうした松山、ほら歩け」

と、馬腹を蹴って前進を促してみた。だが、何かにおびえているのか、松山号はブルブルと鼻を鳴らし、前足で地面を掻いて一向に前へ行こうとはせず、まるでジャミ馬がするように四肢をバタバタと踏み荒らしたあげく、今来た方へ戻ろうとするばかりであった。

そのとき、行く手の路上に大小二つの物体が現われた。それらは右手の牧草畑から道に出て、左手の牧草畑に入るべく道を横切ったのだが、それが仔連れの熊であることは薄暮の中でも一目で分かった。

続いて、本流に架かる板橋の辺りで、何か異常な物音とともにガウーッと獣の争う声がした。〝あっ、そうか。熊が集まっているんだ。もうじき暗くなるのに、まだ魚取りをしているんだな〟と私は気づいた。松山号の脚をもってすれば一気に走り抜けられる、と思ってはみたものの、その松山号が前に進もうとしないのである。

この季節、サケやマスは産卵をするため、咲梅川にもたくさん溯上してくる。その魚を取るため羆がこの辺にやってくるのは毎日のことであろうし、今も四、五頭の熊が川にいるものと思われた。咲梅川もこの辺りになると川幅が少し広く、水深もそれほどないので、羆たちが魚を取るには格好の場所であるに違いない。

〝松山が進みたくないのなら仕方がないか。引き返して叔父のところに泊っていこう〟と意を決し、松山号の首を今来た方に回すと、私が馬腹を蹴るまでもなく、松山号は自ら一散に走りだした。そうして雑木林の中道を一気に駈け抜け、伊藤の家へ戻ってきた。

伊藤の家から戻って一週間ほど過ぎた日、今度は高橋の家に用事ができ、出かけることになった。しかし、その日は折り悪しく朝から小雨が降って出渋っていたところ、時が経つにつれて雨は激しさを増し、昼頃には目もあてられぬ大降りとなってしまった。

私は用事を明日に延ばし、家で帳面の整理をしていた。午後になって学校に行っ

ていた妹たちが帰ってきた。が、その中に高橋啓子の妹の久子が一緒にいるのを見て、私はなぜともなく、ハッと胸を打たれたような気がした。

「久子、どうした、お前だけか」

と、立ち上がりながら聞いた。

「はい。あんまり雨がひどいから泊めてほしいの」

「うん、それはいいぞ。だが弓子はどうした」

「あら、弓子は来てないの？　先に行ってるからって言ってたのに」

弓子というのは高橋の一番末の娘で、この時はたしか二年生であった。その小さな弓子が、この激しい雨の中を一人で自分の家に向かったとは——。

久子の話を聞いたとき、私は、今から馬で追えば弓子に追いつけるかもしれないと思った。

雨の中を馬小屋へ走った。松山号の背に鞍を乗せ、鼻面を撫ぜつつ、

「松山、急ぐんだから、一っ走りたのむぞ」

と言って背に飛び乗り、馬腹を蹴った。なんの躊躇《ためらい》もなく、松山号は土砂降りの雨の中へ走りだした。

篠つく雨は情け容赦なく体に突き刺さった。目に当たる雨を避けるため、私は馬の背中に顔を伏せ、松山号の走るがまま咲梅の奥をめざして突き進んでいった。

一番奥の農家を過ぎ、左手に突き出た崖の裾を小さく右へ回って咲梅《さくばい》川の縁に出た。右手に流れる咲梅川は、いつもの清流の面影を一変させ、濁流となって荒れ狂っていた。岩を噛み、岸辺の草や小柴を呑み込んで脹れ上がった水流が、耳を聾するばかりの轟音を発して流れ下っていた。その濁流を横目に駈け抜けると、左に礦区の沢が見えた。その沢水さえもいつもの何倍にも増えて、もう土橋の上を越えていた。

だが、さっき崖の裾を回った頃から雨脚にやや衰えが見え始め、雑木林を抜けて牧草畑に出ると、その向こう端まで見通せるほどになっていた。しかし、そこに弓子の姿はなく、その先の雑木林は雨の繁吹《しぶき》に煙っていた。牧草畑を走り過ぎ、雑木林の入口にさしかかったところで、私は松山号を止めた。右岸の崖に突き当って大きく左へ蛇行している咲梅川のその辺りには、木橋が架かっていたのだが、その木橋が流失しているのだ。

馬の背から飛び降りて、路面に目を走らせた。あった、小さな足跡が、この大雨

に消えもせず。それは、つい今し方歩いたもののように、雨の泥濘《ぬかる》みに点々と続き、どうやら木橋に上がっているように見受けられた。

「弓子が渡り終わってから、橋が流されたのだろうか」

胸に突き上げてくる不安が口に出た。

走り戻って馬の背に飛び乗り、上手の濁流に向かって松山号を進めていった。

「松山、渡れるか。ここは、このあたりでは一番浅いところだぞ」

と、馬の平首を叩きながら、優しく声を掛けてやった。

そこは、いつもなら川原が広くなった浅瀬で、川岸を埋める砂利の外れからはフキやミツバが群生していた。その丈の高いフキも今は濁った水の中に姿を没し、ドウドウと高鳴る濁流が行く手を阻んでいた。

〝これは無理かもしれないな〟と思ったとき、小さく足踏みをして松山号が前進に移った。思わず鞍の上に身を伏せて手綱を握りなおした。松山号は跳んだ。白泡をたてて沸き返る流心部を、一気に跳んだ。

降りたところは流れのゆるやかな岸辺の浅場であった。そして松山号は、そのままの勢いで雑木林の中へ駈け込んでいった。そこで馬の向きを右に変え、道路の方

へ向かった。

道に出てすぐに路面を見た。だが、弓子の足跡はなかった。少し進んでから再び路面に目をさらした。人の足跡はおろか、いつも付いている小動物の足跡すら見出すことができなかった。

「弓子、お前、流されたのか」

そう呟きながら振り返ると、流失した橋のところで水流が一際高く盛り上がって見えた。〝流されたのかもしれない〟――不安はいつしか絶望にすり替わって、胸が締めつけられるような心地がした。

何かあったときは、いつでもうちに来て泊るようにと、私は久子や弓子に日頃からよく言っていた。それなのに、なぜ寄らなかったのか。現に久子は寄ったのだ。久子は、お前が寄っているとばかり思ってうちに来たのだと言っていたぞ――そんなことを思いながら、私は足跡のない路面を見下ろして立ちつくしていたが、〝そうだ、高橋の家まで行ってみよう。帰っているといいのだが〟と一縷《いちる》の望みを胸に抱きしめて松山号を走らせた。

雨は少し弱まって、空の一部には明るみすら仄見えてきた。高橋の家に着くと、

啓子が戸をあけて走り出てきた。

「啓子、弓子は帰っているか」

私はなによりも先に、そのことを聞いた。しばらくぶりに逢った啓子は、懐かしげに笑顔をみせて迎えたが、私の固い表情からすぐに何か不吉なものを感じとったのであろう、はげしく首を横に振った。〝やっぱり駄目か〟一瞬、すーっと頭の血が下がったようになって目先が暗くなり、私は馬の背から転がり落ちてしまった。

啓子に手を取られて家に入った。雨で山仕事もできずに家に戻っていた皆が、ずぶ濡れの姿で訪れた私を不審げに見つめた。

気を鎮めるべく、まず今日ここへ来て済ませることになっていた用事を伝え、それから久子が泊りに来たが弓子だけ一人で帰ったらしいこと、途中の橋が流失していて、その橋のところまでは弓子のものと思われる小さい足跡が付いていたこと、そして橋と一緒に弓子が流された恐れがあることを、一通り話し、これから帰って人を集めてくるから、こちらの人もみんな橋の落ちたところに来るようにと言って別れを告げた。

高橋の家を後にして伊藤の叔父の住居のある沢の入口を過ぎた頃、雨はさらに小降りとなった。右手の川も少しずつ水位を下げ始めたようであった。流失した橋の上手の流れも今度は一気に渡り、そうして走り戻った家では皆が私の帰りを待っていた。

ただちに山の人たちが集められ、馬車の用意をして急いで現場に向かった。咲梅川はだいぶ減水し、毀《こわ》れた橋の袂も現われていた。先に到着した高橋や伊藤の叔父たちが林の木を伐って、丸太を三本並びにした仮橋を架けていたので、人間だけは楽に川を渡れるようにもなっていた。

集合した人たちは、手に手にトビ口《ぐち》や棒を持ち、川岸や木の根などの障害物のある所をまんべんなく探りながら、未だ平水より深い川に立ち込んで下っていった。私は、青ざめた面持ちで立っている啓子の手を取って仮橋を渡してやり、支流の入口の方へ行って板橋のところで啓子と一緒に皆が下ってくるのを待った。そこの板橋には、流失した橋の残材が流れついて引っ掛かり、あふれた水が橋板の上を越えて流れていた。緊迫した時が静かに流れ、ただドウドウと流れ去る奔流の音のみが耳についた。

この板橋も、今はもう常時渡る人はいなくなった。こんな大水にさえ流されることなく持ちこたえているというのに。そう言えば、いつもこの橋を渡っていた清子が去ってから早くも二年近くなる。今、横に立っている啓子にしても、もうじき別離の日がやってくる。こうした子供の頃からの親しい友達が一人また一人と去ってゆくことが、私には淋しく傷ましく思えてならなかった。

悲しげに佇む啓子に、私はなにか言葉をかけてやりたいと思った。だが、なんの言葉も口には出てこなかった。やがて上流に、川伝いに下ってきた人たちの姿が見え、間もなく板橋のところに集まった人たちの手で、引っ掛かっていた木が一本一本、外されていった。

板橋の下手では、高橋の長男の松男と私の従兄弟の金七さんとが立ち込んで、橋の下から流れ出る物を一つ一つ手に取って確かめていた。こうした作業が続き、上手《かみて》の人たちの手によって一本の木が引き上げられたとき、橋の下手の水がもくりと盛り上がり、まるでそこの濁水を切り裂くようにポッカリと、弓子の白い顔が浮かび上がった。

濁水をはじきつつ流れを掻き切って近づいた松男が、「弓子っ」と叫びながら小さい妹を抱き上げ、私の立っている橋の袂に向かって走ってきた。私は着ていたレインコートを脱いで橋の上にひろげてやった。「ウッ」と、声を詰まらせた啓子が私の背にしがみつき、肩を震わせ、声をころして泣きだした。

可哀想に弓子は、激流に揉みしだかれたものか、体に一糸もまとっていなかった。目を閉じたその顔は安らかで、あどけなく、それがまた人々の涙をさそった。

奥の高橋のところでは野辺の送りもままならず、皆と相談の上、私の家で葬式をすることになった。その準備のため高橋夫婦や叔父の一家は山へ戻り、馬車に乗せられた弓子には啓子だけが付き添って、私たちと一緒に田中の沢に来た。

野辺の送りも無事に済ませた後、まだ雪の季節には少し間のある晩秋のある日、いよいよ高橋の一家が上野深の方へ引越すことになった。前日の夜、一晩だけ彼らは私の家に泊っていったが、別れにあたって涙に濡れた啓子や久子、そして妹たちや従姉妹の顔が瞼に焼きつき、その後も時おり思い出されては胸が痛んだ。

それからしばらくして、伊藤の叔父一家も田中の沢に越してきて、事務所から少し離れた奥に住居を定めた。咲梅川の奥にはこれでもう誰も住む人はいなくなり、完全なる無人の山となってしまった。

その後、事務所の解体や後始末のため、私たちは幾度となく咲梅の沢に足を運んだが、その冬も過ぎて翌年の春を迎える頃には既に、私たちがかって住んでいた辺りにまで羆が出没するようになっていた。

Ⅱ　撃つ

1　少年猟師

ピーッ、ピピーッ、ピピッ、ピピッ、ピッと、さほど遠くはないと思われる雑木林の彼方から、ヤマドリ（蝦夷雷鳥）の透き通るような声がして、少し先行していた獣猟犬のノンコが、ふっと聞き耳を立てて立ち止まり、こちらを振り返って見ると、また、ゆっくりと前へ進みだした。私は、未だところどころに残る固雪を踏んで右寄りに歩き、山裾に続く緩斜面から雑木林の中へ入っていった。

この緩斜面の林の中は、ヤマブドウやコクワの蔓が絡まり合っていて、秋ともなれば見事な実生《な》りを見せるところだが、今は春も四月の初めとあって、若芽の芽吹きにはほど遠い時期。だが、ようやく膨《ふく》らみ始めた木の芽を啄《つい》ばみに、ヤマドリやカケス、コウライキジのほか、エゾリス、シマリスも、そこに集まってきていた。

こんなのどかな林の中にも、時には「山の親父」が姿を見せる。この時期ともなれば、冬眠から目覚めた羆《ヒグマ》が、山裾の湿地帯や渓流の岸辺に生えているクマウバユリの若芽を食べに出てくるのだ。しかし、先行するノンコがまったく吠える気配を示さないところをみると、熊はまだこの辺りにはやってきていないようだ。

ピーッ、ピピーッ、ピピッ、ピピッ、ピッと、すぐ近くの林の中からヤマドリの鳴き声が上がり、続いてブルッ、ブルブルッと重い羽音とともに牡ヤマドリが枝移りした。私はすぐさま肩の銃をおろし、弾帯から四号弾を抜き出して薬室に送り込んだ。

傍らの、ハナイタヤの幹に銃身を依託して見ると、木の芽を啄ばんでいるヤマドリは、銃口よりわずかに高いところにいる。狙いは下のようだ。

そうっと立ち木の横に出て、銃を肩付けし、ヤマドリに狙いをつけた。体が小刻みに震え、胸がドキドキして引き金に掛けた人さし指が震えた。鉄砲の音はそれまで何度も聞いていたが、まだ自分で撃ったことは一度もなかったのである。

反動で肩を叩かれるとは聞いていたものの、それでどんなことになるのかと案じ始めると、一層不安がつのり、とても引き金を引く気になれなくなった。〝やめて、帰ろう〟と思って、肩付けしていた銃をおろし歩きだそうとしたとき、私の顔を見上げていたノンコが、小さく尾を振りながらクン、クンと鼻を鳴らした。その時のノンコの目は、〝大丈夫だから早く撃ってごらん〟とでも言っているように、私には見えた。気を取り直して、もう一度銃を肩にあて、ヤマドリの左の羽根に狙いをつけた。しかし、引き金に掛けた指はどうしても動いてはくれず、銃身が小刻みに震えた。体が震えているのだ。

またしても、ノンコが鼻を鳴らし、発砲をうながすかのように私の目を見た。〝よし、撃ってやる〟と肚《はら》を決めた。すると体の震えが止まり、胸の高鳴りもおさまっていた。目ははっきりとヤマドリをとらえ、照門から照星が一直線に目標に向いていた。

〝よしっ〟と思ったとき、一瞬、思わず目をつむって引き金をひいた。ズドーンと銃声がとどろき、つづいてバタバタと飛び去る鳥の羽音が聞こえた。

目をあけて見ると、どこへ行ったのか、鳥の姿はなく、ノンコも見えなくなっていた。空のケースを抜いて弾帯に戻していると、右手の方でガサガサと落葉を踏む音がして、ノンコが走り寄ってきた。見ると、その口には牡ヤマドリがくわえられていた。足下にきたノンコは、まだピクピクと動いている鳥を下に置いて、さも満足気に私の顔を見上げた。

初めて撃ったヤマドリを手に、私は走るように山を降り、誰もいない家へ戻った。

銃の掃除を済ませ、弾も弾帯に戻し、使用した形跡をなくしてから、ヤマドリを解体して付け焼きをつくり、弟や妹たちに全部食べさせてしまった。

このとき私は、まだ十二歳の少年であった。

猟銃の狩猟期間は、その当時は九月十五日から翌年の四月十五日までと定められていたが、父のように山の仕事をしている者は、有害鳥獣駆除の名目で、四月十六日から九月の十四日まで、つまり猟期外でも、熊やカラスなど、人畜に被害を与えるものや農作物を荒すものなどを撃ってもよいことになっていた。

父が猟銃を買ってきたのは、私が十歳の時であった。以来、自分が山で使った後の銃の始末、つまり掃除から弾の詰め替えまでの一切を私にやらせていた。そんなことを、猟期の内外を問わず一年以上も続けているうち、私は三挺ある猟銃の分解から組立てまでを父よりも巧みにこなすようになり、猟銃のことに関しては誰よりも精通するようになっていた。そして、一度は自分で猟銃を撃ってみたくなった。

その日は、猟期がまもなく終わる頃でもあり、父が問屋回りに行って留守で、母や兄姉たちも出掛けてしまったのを好機として、日頃から抱いていた願望を実行に移したのであった。

一度味をしめた私は、機会あるたびに銃を持ち出し、動くものと見れば、その頃禁猟鳥となっていたコウライキジまでも撃つようになってしまった。そうして父には、

「父さん、そろそろ散弾の二号、三号、四号と、黒色火薬が足りなくなったよ。今度町へ行ったら買ってきてね」

などと言っては、新らしく揃えてもらった。ところが、そんなことが度重なったある日、

「ずいぶん早いな。そんなに山に行かないのに、もうないってか。お前、弾を詰めるとき、多く詰めているんでないか。いつも教えた通りに詰めておけよ。二、三日中には行くけど、それまで間に合うか」

と父が尋ねた。

「うん、まだ少しあるから、大丈夫だと思うよ」

と返事はしたものの、内心ではびっくりしていた。内緒で銃を撃っているのがバレたのかと思って、そっと父の方を窺うと、父は別段変わった素振りも見せず、机に向かって書きものをしていた。

それからはあまり頻繁には銃を持ち出さなかったが、私が一人で銃を撃っていることをとっくに知っていた母は、父が家を留守にしたときを見計らったように、

「保よ、ヤマドリをとってきてくれないか。今日の夕食はライスカレーをつくるから」

と言うのである。

そんな日々もいつか過ぎ去って、十三歳となった年の十月のある日の午後、私は学校から帰るとすぐに、釣り竿を持ってうちの前を流れる清流に向かい、ヤマベ（ヤマメ）釣りを始めた。

傍らにはビクを持った母がいた。母は私が釣ったヤマベをビクに入れながら、

「保、あまり沢山はいらないよ。晩のおかずに、塩ふり焼きをつくるだけあれば、いいからね」

と言った。

やがて、川岸の浅場で母が魚の腹抜きを始めた。その側《そば》へ近寄ったとき、頭の上で何か異様な物音がした。顔を上げて見ると、今しも一羽の大タカがヤマバトを鷲摑みにして大きく反転するところであった。

白いヤマバトの羽毛がパッと散って、ヒラヒラと空に舞った。大タカはヤマバトを摑んだまま、すぐ左手のミズナラの大木をめざし、その天辺に突き立つ枯枝の、二叉になって横に出ている太い枝に止まった。

「かあちゃん、おっきなタカが、ハト捕ったヨ。オレ、あいつ撃ってみるかな。かあちゃん、あんまり動くなよ。オレ、鉄砲とってくるからな」

と、声を落として母に言った。すると母は、

「保、待って。あとはうちの中でつくるからさ」

と言って、ヤマベを全部ビクに収め、私と一緒に家の中へ入ってしまった。

銃を手にしようとして、弾はどれがいいのか迷ったが、〝あんなおっきなタカには、実弾がいいかもしれない〟と思った私は、いつも使いなれているグリナーの二十四番の銃を取り、その弾帯から鉛弾を一発抜き取って外に出、すぐに銃を折って弾込めをした。

風呂場の角からタカを見上げると、横に出た枯枝に獲物をガッチリと押さえつけ、鋭い嘴《くちばし》で盛んに毟《むし》っている。私はすばやく川を渡り、草叢《くさむら》伝いに身を低めながら前進し、取り入れの終わったトウキビ畑の中へ潜り込んだ。畝《うね》の間を忍びつつミズ

ナラの木の下へ寄って仰ぎみると、半分枯れかけたトウキビカラの間から、しきりに餌を毟り取っているタカの姿が見えた。

静かに銃を肩付けして、トウキビの葉の間から、頭上の大タカに狙いをつけた。そうっと銃把を握りしめて初めて撃った実弾は、少しく肩にショックを残し、銃声が高らかに林の中へこだましていった。

確かな手応えがあって、黒煙の中にグラリと揺らぐ大タカを見た。

「うまいっ」

突然、背後で大きな声がした。父の声だ。〝しまった〟今日は帰ってこないはずの父が、いつの間にか帰宅していたのだ。先刻は姿が見えなかったのだから、つい今しがた戻ってきたに違いない。

叱られるのを覚悟して、私はトウキビ畑の中から出ていった。私より先にタカの落ちたところへ行ってそれを拾い上げた父が、

「おい保、お前、どんな弾を使ったんだ。これじゃあ剝製にはならんぞ」

と言った。父に運ばれてきた大タカは、腹から背中にかけて実弾が貫通し、グチャグチャに傷んでしまっていた。実弾を使ったと私が答えると、父は、

「そうか、それは惜しいことをしたな。こんなのを撃つときは、ガン弾を使うか、BB弾を使うんだぞ。このくらい大きなものになると、一号弾では少し無理だろうからな」

と言って、叱るどころか獲物に対する弾の使い分けを詳しく教えてくれるのだった。

その後、父は私がそばにいるときはいつも山へ連れていくようになり、私にも銃を持たせ、獲物がいると必ず撃たせてくれるようになった。そしてグリナーの二十四番は、いつの間にか私の専用の銃になってしまった。

銃を持ち歩くようになってから、ふと気づいたことがある。それは、銃を持たずに山を歩いているときにはあまり感じないことなのだが、いざ銃を手にして山へ入ると、羆の存在が片時も頭から離れないのである。もし熊が前からきたときは、どうするか。右からきたら、左からきたら、または後ろからだったら、どうしたらいいだろう。それぞれの場合、弾を込めるには、どれくらいの素早さが必要なのか。そんなことを考えているうち、それらの動作を実際にやってみたくなり、弾の装塡から脱包を、毎日のように繰返し練習した。二弾目の実包にしても、左手の指にそれを挟んでいたほうが早いという父の話を聞いて練習に励み、これはカモを撃つときに利用したが、三弾までは有効弾を撃つことができるようになった。

私のような少年が、こんなふうに自由に猟銃を撃っていられたのも、山奥に住んでいたからであるが、それに加えて、当時の規定では誰か一人、狩猟許可を受けたものがいると、助手としてもう一人を連れて歩くことができたので、建前上、私は父の助手の役目をしていたわけである。

こうして山歩きに慣れ親しむようになった、ある年の四月十日過ぎのことである。その日は日曜で学校は休みだったが、朝、まだうす暗いうちに母に起こされた。父が、ヤマドリを撃ちに行くから一緒に行こうと言っている、というのである。

二人の姉はすでに嫁《とつ》いでいたけれど、家にはまだ七人の兄弟がいた。父はその中から私だけを呼んだのである。

父と一緒にポンルベシベの沢に入ると、各小沢には必ず一番《ひとつがい》のヤマドリがいて、さかんに呼び笛に応《こ》え、中には近くへ枝移りしてくるものさえいた。

だが、最初の三羽を撃ち落したとき、私の使っていたグリナーの撃針が折れ、弾が発射しなくなってしまった。仕方なく、父の持つ村田銃だけで猟を続けながら山を越え、梟舞《けりまい》川付きの斜面へ下りだしたとき、解け始めた固雪の上に、下の小沢伝いに上ってきた熊の足跡を見つけた。その熊は、父の撃った銃声を早くから聞いていたものであろう、その峰に上ると同時に進路を変えて元浦川と梟舞川の間の峰へ向かっていた。私たちはしばらくその跡を追ってみたが、固雪が解けて足がぬかり、ズボンが濡れてしまったため、追跡を中止して梟舞川に下ってきた。山裾近くは雪が消えていて、大木の根元や日当りの良いヒラマエでは、福寿草が今ようやく黄色い花を開き始めていた。

2　待ち伏せ

赤心社の山が、春の芽吹きとともに淡い緑のヴェールをまとい、その色が日一日と深みを増し、さらにコブシの花から桜の花へと粧《よそお》いをかえて、北国の春は一気に真夏へ移行しようとしていた。

この山には、歌笛や和寒別《わかんべつ》（現在の美野和《みのわ》）、そしてルベシベからポンルベシベ（現在の稲見）あたりの、酪農を手掛ける一部の農家で飼育されている乳牛の大半が放牧されていたほか、その頃盛んに生産されだした競走馬の親馬や若駒も数多く放されていた。そんな馬の中には、純アラブ系やサラブレッドの優駿がずいぶんいたようだが、一方、この放牧中の牛や馬が羆に襲われ食い殺されるといった事件も頻繁に起きていた。

つい三日ほど前に乳牛が二頭殺されたばかり、という九月の末のことである。その被害を及ぼしたであろう羆を撃つべく、歌笛のハンターが二人、木の上に待ち場を造り、牛の死体を待ち場と待ち場の真中に囮《おとり》として置き、日が暮れたら出てくるであろう羆を待っていた。

夕暮が迫る頃、すでに闊葉樹《かつようじゅ》林の中は暗々として、すぐにも羆が現れそうに思えたが、状況には何の変化も生じなかった。

二人の待ち場は、それぞれ地上から八メートルほどの高さに設けられ、二十メートルほど離れていた。事前の打ち合わせで、二人は、熊がきて足音をたててもやりすごし、完全に牛の死体に取りついてから発砲することに取り決めていた。だが、この二人はそれまで一度も熊を撃ったことがなかったし、無論、待ち場で熊を待ち伏せするなど一度も経験していなかった。

日が落ちて、林の中は一段と暗くなり、牛の白い部分だけが薄ぼんやりと見えていた。待ち場に初めて上った二人は、早くもその辛さに呻吟し、とても耐えられないと思い始めていた。待ち場では小さな音を立てることすらできないし、坐りなおすため体を動かすこともままならなかった。

我慢の時が流れ、静かに夜は更けていった。その時は、なんの前触れもなくやってきた。囮に置いた牛の傍らに、黒い大きなものが近づきつつあるのが、闇の底からぼーっと浮き上がって見えた。すかさず一人が発砲し、続いて向こうの待ち場からも銃声が上がるや、一瞬のうちにその黒い影は消えた。

待ち場で坐りなおした二人は、そのまま息を詰めて辺りの気配を窺っていたが、その後は何ものも現われはしなかった。

夜明けとともに、待ち場から降りた二人が目にしたものは、落葉の上に点々と続いている血の痕であった。やがてハンターが集まってきて、二日間にわたる大掛かりな山狩りを行なったが、手負いの熊は山奥へでも入り込んでしまったのか、その足どりすらとらえることができなかったという。

――その日、七郎は古い村田銃の三十番を背に、愛犬のテツ（牡四歳）を連れて、早朝六時頃、和寒別の小屋を発って沢なりに赤心社の山へ足を踏み入れた。そこは、先日、歌笛のハンターたちが手負い熊を捜索した山よりもさらに奥の山であった。

七郎は、その話を少しは耳にしたが、頼まれもしない熊狩りに自ら進んで参加するのは遠慮していた。そして歌笛のハンターたちもまた、七郎にも弟の八郎にも「手を貸してくれ」とは言わなかった。

七郎は熊撃ちを始めて十年は超えているし、弟の八郎にしても同じくらい熊撃ちの経験があって、二人はいつも一緒に出猟していた。兄と弟は一つ違いで、もう三十歳を過ぎていたが、その頃はまだ独身であった。部落の人たちも、そんな二人を変わり者のように見ていたのかも知れない。それというのも二人は、兄が浦河七郎、弟は浦河八郎というアイヌ人であり、この和寒別の奥に移り住むようになってから日が浅く、人前に顔を出すことは稀で、他の人々との交流はほとんどなかった。

私の父は、そんな二人を訪ねてはよく一緒に山歩きをしていたし、二人もまた山歩きの都度、家《うち》に立ち寄っていくようになっていた。

さてその日、弟の八郎は用事があって前に住んでいた向別《むこうべつ》の方へ昨日のうちに出掛け、小屋ではひとり七郎が留守居をしていた。

今日の夕方には八郎が帰るはずだから、〝ヤマドリ（蝦夷雷鳥）でも少し撃ってこよう〟と思い立った七郎は、朝早く小屋を出て山へ向かった。そして山に足を踏み入れてからは、笹の生えているところを避け、落葉の山肌を足音を忍ばせてゆっくりと上っていった。ヒラマエを上りつめて峰に上った七郎は、しばらくそこで立ち停まっていたが、やおら口に咥えた呼び笛を吹き鳴らした。ピピーッ、ピーッ、ピピッ、ピッと、牡とも牝ともつかぬ笛の音《ね》が、二度三度と原生林の真中《まなか》へ吸い込まれていった。いつもなら必ず呼び返すヤマドリの声はなく、早朝の樹林は静寂《しじま》の中にうち沈んでいた。

愛犬のテツは、ウサギでも追っているのか、その辺りには姿も、いる気配もなかった。七郎の立っている峰には、熊やシカのような大型獣や、キツネ、タヌキ、ムジナ、はてはエゾノウサギなどの小動物が通う獣道《けもの》がついていた。七郎は、散弾を装塡した銃を背に、その峰伝いに伸びる獣道をゆっくりと歩んでいった。

だが、時おり立ち停まっては吹く呼び笛に応えてくれるヤマドリの声はやはりなく、たまさかにはこの辺りにも姿を見せるコウライキジも、目にはつかなかった。〝まだ時間も早いことだし、もう少し行ってみよう〟、七郎はそう思いながら、さらに歩を進めた。すると前方に、その獣道を横切るように一本の太いミズナラの木が根剝《ねむ》れのまま倒れているのが見えた。地表の浅いこの辺りでは、ところどころで目にする風倒木《ふうとうぼく》である。

七郎は幾度もこの辺一帯を歩いており、その風倒木も何回となく越えていた。その時も、いつものように風倒木によじ上り、いつものようにポンと向こう側に飛び降りたが、何かに足をすくわれたようになって踏鞴《たたら》を踏み、前へのめった。咄嗟に体勢を立てなおそうとしたとき、ガウーッと叫ぶ熊の声が耳に入り、同時に肩のあたりを強く打たれ、振り向きざまに後ろへよろけて、そのまま尻もちをついてしまった。〝しまった〟と七郎が急いで立ち上がろうとしたときには、覆いかぶさってきた熊が、右の耳の上から頰までを嚙み裂いていた。

しょうことなく七郎は、そのまま熊の腹にしがみつき、その顎《あご》の下に自分の頭を付けて両前足の腋の下に腕を回し、背中の毛をしっかりと握って体を熊の腹に密着させた。熊はガウーッ、ガウーッと吼えながら七郎を抱きかかえ、地面に強く押えつけたまま立ち上がろうとはしなかった。そっと右手を離した七郎は、腰のあたりを探った。手に触れたのは、いつも腰に下げて持ち歩く刺刀《さすが》であった。尻の下になってはいたが、幸いにも柄《つか》は体の外側に出ており、それを握って引いてみると、スーッと抜けてきた。刃渡り三十センチに近い刺刀に祈りをこめて、七郎は力一杯、熊の前足の近く、ここが心臓とおぼしきあたりへそれを突き刺し、グイグイと懸命に抉《えぐ》り上げた。

ガガァーッと怒りの声もすさまじく立ち上がった熊は、辺りをグルグルと暴れ回り、七郎を振り落とそうとして荒れ狂った。そして七郎を振り落とすや再び彼の頭を襲った。体をかわしはしたものの一瞬の遅れはいかんともしがたく、七郎はまたもや右半面に鉤《かぎ》爪の一撃を受け、目がかすみ、頭がガーンとなって体の力が抜けてゆき、ヘナヘナとその場に倒れゆく己れを意識した。薄れゆく視野に、走り寄ったテツが熊の鼻先に喰らいついてゆく姿がおぼろに映った――。

その日八郎は、朝早くに向別《むこうべつ》を出て、なぜともなし、心せくまま足を急がせ、昼少し過ぎに和寒別の奥にある小屋へ戻ってきた。小屋には七郎の姿はなく、テツの姿もない。背中の荷をおろし、持ってきた食料品や雑品の片付けも終え、銃の掃除を始めた時、八郎は、荒々しく表の戸板を引っ掻きながらせわしなく吠えるテツの声を耳にした。戸を開けてみると、転《まろ》ぶように飛び込んできたテツの体には、血の塊りが付着し、茶色の毛が赤く汚れていた。一目その有様を見た八郎は、〝熊にやられたな〟と判断すると同時に無言のまま支度に掛かった。急いで足拵えを済ませ、今掃除を始めたばかりの銃を手に表へ跳んで出ると、先をゆくテツの跡を追って走りだした。

テツは、八郎を案内でもするように、ときどき立ち止まっては後ろを振り返り、八郎が追いつくとまた走りだし、和寒別の沢なりに奥を目指して走っていった。跡を追う八郎は不安であった。どこまでゆくのか、走るテツの様子では、七郎が近くにいるとは思われない。やがてテツは右の緩やかなヒラマエを上り始め、立ち止まって後ろを振り向いた。八郎は足を停め、息を整えてから沢水を呑んだ。そしてテツを追って斜面を上っていった。

テツが再び駈けだした。八郎はその跡を懸命に追った。しかし、いかに八郎が達者でも、そして勾配が緩やかだといっても、この長い上り斜面を犬のようにどこまでも走り上ることなどできはしない。呼吸が苦しくなり、胸が早鐘を打つように高鳴って、八郎はとうとう立ち木にもたれかかるようにして息をついだ。そのとき、ワン、ワンと、どこか上の方でテツが吠え、少し間をおいてまたもやせわしげに吠えたてた。その声は、まるで〝早く、早く〟と自分をせきたてているかのように八郎には聞こえた。気力をふりしぼった八郎は、斜面をしゃにむに駈け上がり、ようやく峰伝いの獣道に立った。

〝どこだろう、兄貴は熊にやられてしまったんだろうか〟頭の中を不安が走った。

「テツー、どこだあー」

八郎は思いっきり大きな声で犬の名を呼んだ。ワン、ワンと、あまり遠くないところからテツの吠え声がして、まもなく峰の獣道からテツがころがるように走り下りてきた。足下《もと》に寄ったテツは、いったん八郎の顔を見上げ、それから先に立って小走りに峰の細道を上っていった。その跡を駈け足で追った八郎は、やがて太いミズナラの木が獣道を横切って倒れているところに辿りついた。八郎もまた、この風倒木は何度も乗り越えたことがある。いつものようにその木によじ上り、その上に立って向こう側に目をやった八郎は、兄の七郎がそこで熊に襲われたことを知った。

辺り一面、落葉が掻き荒らされ、血に染まった落葉が点々と乱れ散っていた。さらに、そこから少し離れた、右手の大きなカエデの根方に、左半身を下にして、俯《うつぶ》せに倒れている七郎の姿があった。

走り寄った八郎は兄を見た。七郎の右半面は血にまみれ、耳の上からめくれた皮が赤くただれたようにぶら下がっていて、見るも無惨な有様である。銃を背負ったままの格好で倒れているので、後ろから不意をつかれたのは明白であった。

顔面の血は黒くこびりつき、乾きかけたところもある。出血はほとんど止まっているようだ。八郎が調べた限りでは、顔面のほかに傷は負っていない。

八郎は、兄を抱き起こして胸に耳を当てた。七郎は気を失っているだけで、息はしていたし、心臓もしっかりと働いていた。

八郎は、七郎の下帯を外して包帯を作り、顔面の破れ下がった皮を寄せ集め、付着した異物を取り除いてから元に近い状態に戻し、左目と口と鼻を残して、すっぽりと包帯で覆ってしまった。

「兄貴、目を覚ませ。オイ、兄貴」

と八郎が背中を叩くと、

「…………ウーン」

と唸り声を上げた七郎が、目をあけた。

「兄貴、大丈夫か。俺がわかるか」

少し声高に話し掛けると、やっと正気に戻った七郎が、

「八郎、お前来てくれたのか。熊は、熊はどうした」

と、低く絞るような声で尋ねた。

「熊はわからないけど、それより、早く医者に行くべよ。俺おぶって行くから」

そう言って八郎は兄を立たせてみたが、さすがの七郎も足がフラついて、歩けそうにもなかった。八郎は自分の下帯を外して七郎を括り、背負って歩きだした。

そこから一番近い荻伏の病院に急いだ八郎は、七郎の負傷した顔半面を医師に縫合して貰うと、薬を貰って再び七郎を背負い、和寒別の小屋へと戻ってきた。

次の朝、七郎の手当てをすませた八郎は、銃を携えて昨日の現場へ向かった。テツが先になって走りだしたが、八郎は昨日テツが案内した道よりももっと手前から右のヒラに上り、緩斜面の直登を避けて斜めに進路をとりつつ、峰を目指して上っていった。

風倒木を越えてしばらく行くと、獣道の左肩の窪んだところに血溜りがあって、

その辺りにこびりついた血が黒く変色していた。そこからさらに獣道を少し進むと、熊がかなりの時間坐り込んでいたらしい跡があって、そこにも多量の血が固まっていた。

さっきまで風倒木の辺りで熊の臭いを辿っていたテツが急に駈け寄って、八郎を追い抜きざまに左斜面へ下っていった。その先にはサビタの木がコクワの蔓にからまれたボサ藪があり、その手前でテツが激しく吠え始めた。

八郎は背中の銃を下ろし、実弾を装塡してからいったんボサの下側へ行き、銃を腰矯《こしだめ》にしたままボサ藪を左に見てゆっくりと斜面を上りだした。熊がそこから藪に入ったと思われる辺りまでくると、斜面に七郎の刺刀が落ちていて、そこにも血の固まりがあった。

刺刀を拾った八郎は、藪を横目で見つつ、その上へ移動し、枯枝を拾ってボサの中へ投げ込み、耳をすまして様子を窺った。ボサの下に回ったテツが、火がついたように吠え立てた。

八郎の耳にも、かすかに何かがうごめく気配が感じられた。熊が、これだけ多量の血を流しながらもまだ生きていることが確認されたのである。八郎はさらに太い枯枝をボサの中へ投げ込むと、立ち木の根方に寄ってボサ藪に銃口を向け、熊の出方を待った。

テツが藪の端に入り込むほどの勢いで猛然と吠えたてたとき、右手、反対側の斜面に大きな熊がよろめきながら出てきて、沢に向かって歩きだした。それを見て取ったテツが、熊を追って藪を突っ切り、走り寄って後足に噛みついた。熊は低く唸り声を上げたが、振り返りながら後足を庇うかのように斜面に坐り込んだ。その様子からして、熊の受けた傷は相当な深手であることが、八郎には一目で分かった。ゆっくりと銃を肩に付けた八郎は、熊の左前足の付け根に狙点を定めた。そこは、七郎が刺刀で突いて抉り上げたところだ。傷口から内臓が垂れ下がっているのが見える。その傷口より少し上の、心臓部とおぼしき一点に狙いをつけた八郎は、静かに銃把を握り、引き金をしぼっていった。

ダーンと黒色火薬特有の重い音が雑木の原生林に吸い込まれ、よろめき立った熊が四、五メートル走り、ガクンと前のめりに倒れると、そのままズルズルと斜面を滑り落ち、立ち木の根元に当たって止まった。走り寄ったテツが、後足に噛みついて引っ張っても、熊はわずかに頭を動かすだけで、もはや起き上がって抵抗するだけの力はなかった。そしてそのすぐ後に、最後の生の証しにも似た小さな痙攣《けいれん》があって、やがてその動きも停まり、グッタリと四肢を投げだした。

熊の傍らに寄った八郎は、銃口で熊の頭を二、三度突いてみた。完全に息が絶えているのを確認すると、今度は横に回って傷を調べてみた。後足の付け根のところに古い銃創があり、傷口が脹れ上がって真っ赤な肉がはじけたように顕《あらわ》れていた。左の脇腹の大きく口を開けた傷口からは腸が長々と垂れ下がっていて、腸の表面には土や落葉が付着していた。それは七郎が刺刀で突き刺した傷で、切っ先は深々と内臓までも達していたのであった。

今しがた八郎が撃った銃創からも新しい血が流れ出している。その鮮血をテツが舌でなでるように嘗めていた。

八郎はただちに解体の作業に取り掛かった。皮を剝ぎ、内臓を取り出し、四肢の枝分けをすませると、内臓から腸を分離して中の汚物を取り除き、荷造りをした。

熊には、捨てるところはほとんどない。内臓の中でも特に胆嚢は、「熊の胆《い》」として高価で引き取られ、毛皮とともに彼らの一番の収入源となった。肉は、食用として買ってくれる人もいたが、大半は小屋に運んでから焼干しにしたり、塩漬けにしたりして保存し、冬の初めから越年《おつねん》にかけての食料にしたのである。

それから一カ月ほどで七郎の傷は癒え、兄弟はまた一緒に出猟しては獲物を仕留めてくるという以前の生活を続けるようになった。

二人の愛犬であるアイヌ犬のテツの仔が一匹、後日、私の家に連れてこられ、チヨコと名づけられた。牝犬ではあったが、それはすばらしく忠実な猟犬となった。

3　手負い熊

三石《みついし》川を十キロあまり遡ったところに幌毛という部落（現在の富沢）があった。その幌毛に、熊撃ちの名人と呼ばれた大友さんという老人がいた。大友さんの家は幌毛の部落でも一番奥の方で、三石川の流れがそこから先で狭まるところに立っていた。老人は一人暮らしであったので、畑を少しばかり作って野菜や豆類などを育て、水田も少し耕作して自家用の米を不足のない程度にたくわえていた。

そんな農作業の合間をみては、古い村田銃の二十八番を背に山歩きをするのが老人の唯一の楽しみであった。冬の農閑期には、毎日のように三石川の奥まで足を運び、獲物を狩っては換金して、あまり不自由でない暮らしをしていたようであった。

当時、日高の山では、どこへ行っても羆の足跡が見出され、その姿を目にすることも屢々《しばしば》であった。老人は、そんな山に入って毎年のように二、三頭の熊を撃ちとるので、部落の人たちからは、「熊撃ちの名人だ」ともてはやされていた。

秋の穫り入れもたけなわのある日のこと、隣りの主人が大友さんを訪ねてきて、

「大豆畑が荒らされているから、ちょっと調べてみてほしいんだが」

と言った。

「畑が荒らされているって、どんな具合いにかね」

「うん、大豆のニオが一部こわされて、バラバラになっているところがあるんだよ」

「そうか、足跡はついてないのか」

「うん、ハッキリとは分からないけど、シカでないかと思うんだ。シカだったら、

一晩であの畑ぐらい荒らしてしまうべもよ」

「そうだな。よし解った、すぐ仕度して行ってみるよ」

そう約束して主人を帰した老人は、銃の準備をしてから、その大豆畑に行ってみた。畑の縁についていた足跡は、思ったとおりシカの足跡で、大きな牡のものであった。この牡ジカが群れのボスであったなら、今夜あたりは沢山の牝を引き連れてやってくるかもしれない。そうなれば、せっかく丹精して作ったこの大豆は、それこそ、ほんの一晩で喰い荒らされてしまうだろう。これは、ほうってはおけないな、と老人は肚を決めた。

その頃、シカは保護獣に指定されていて、おおやけには捕獲することができなかったが、作物などに被害を与えたときなど、有害獣として射殺されることもたまにはあった。

畑の大豆は、カラカラに枯れると根付きのままで引き抜かれ、ニオに積み上げられてさらに乾燥させられる。この大豆を好んで食べにくるのがキジとシカで、エゾノウサギもまた、よく現われた。

その日の夕刻、ニオに積み上げる作業をしていた人たちが帰った頃を見計らって、大友老人は銃を取って家を出、畑の縁近くにある豆ニオの根方に坐り込んで、また出てくるであろうシカを待った。

　夕陽が山の端に沈むと、辺りはしだいに宵闇に包まれてゆき、見通しははっきりとは利《き》かなくなった。老人は、一頭の牡ジカが多くの牝ジカを引き連れて闇の中から現われる有様を思い浮かべながら、耳をすましてその気配を窺っていた。

　突然、パリパリと、豆殻のはじける音がした。さっと銃を手に取り闇の向こうに目をこらした老人は、二十メートルほど先の豆ニオのそばに、夜目にも黒く、ぼーっと浮き出た大きな獣の姿を見た。

　すでに弾込めのできている村田銃を肩に付け、その黒い大きな獣の真ん中に狙点を定めて静かに銃把を握りしめた。ダーンと銃声が闇を切り裂き、一瞬のうちに獣の影は消え、かすかに小笹の触れ合う音がした。

　二弾目を薬室に送ってから、老人は豆ニオのところにゆっくりと近づいていった。やはり、獲物の姿はそこになく、ただ豆ニオだけが黒い影となって立っていた。

　暗い藪の中を探すわけにはいかない。だが、確かな手応えはあったから、獲物はそんなに遠くまで走れはしない。〝明日の朝、探すことにするべよ〟と思い定めて、老人はそのまま家に帰ってきた。

翌朝、腹ごしらえをすませてから銃を背に家を出た老人は、まだ働く人の来ていない豆畑に足を運び、件《くだん》の豆ニオのところへ行ってみた。思ったとおり、シカの足跡があった。銃で撃たれた際、飛び跳ねて付いたと思われる、深い足跡も残っていた。畑の縁には、走り去るときに付けたものであろう、荒く掻いたような足跡もあり、シカはそこから小笹の藪へ逃げ込んだものと思われた。さらに笹藪の中へ入ってゆくと、多量の血が付着した笹の葉が見出された。銃弾はシカのどこかに命中していて、しかも相当な深手を与えているものと見受けられた。

流れ出た血の量から推して、獲物は近いとみた大友老人は、小笹の中に付いた血の跡を追って、ゆっくりと上っていった。やがて小笹の藪は尽き、そこから上は、大小のカシワの木が密生した斜面がえんえんと続いていた。豆畑から百メートルあまりも来たと思われたとき、前方十メートルほどの古いナラの切り株の近くで、チラリと動いたものが目についた。その切り株の辺りは、今では根元の周囲に灌木や雑草が生えてボサ藪となっている。そのボサの陰から、鹿の足がにゅっと突き出て、宙を蹴っているように見えた。〝あっ、まだ生きているんだ。そうか、急所を外れているんだな〟と思った老人は、一歩一歩ボサ藪に近づきながら背中の銃をおろしてシカ弾を装塡し、左手に銃を下げて立ち止まった。ひと思いに息の根を止めてやるつもりで、シカの全身が見える位置を目で探した。再び歩き始め、ボサ藪の右側に回ってその裏側に出、シカがいるはずのボサ藪を振り返ったとき、はっとしたように老人の足が停まった。

なんと、そこで老人が目にしたのは、大きな一頭の羆がシカの死体にまたがって、下腹のあたりを喰い破り、内臓をむさぼり喰っている姿であった。熊もひどく驚いたのであろう、引っぱり出した内臓を口からぶら下げたまま、じっと老人を見すえている。

だが、生い茂るボサ藪は老人の下半身を隠すほどの丈があり、手に下げた銃も熊の位置からは見えないものと思われた。老人はそろりと左手の銃を持ち上げて、右手でしっかりと銃把を握った。そして、そっと左足を前に踏み出したとき、不覚にも右足がズルッとわずかに辷った。体が斜面にかしぎ、一瞬目線が逸れ、熊が大きく跳んだ。かしいだ体勢を立て直す間もなく、腰矯《こしだめ》にした銃がダーンという音とともに火を噴き、老人は切り株の下部へ回り込みながら腰の弾帯から二弾目の実弾を抜き出して、手早く装填した。銃身を一振りすると同時に熊を見ると、緩斜面を下へ跳んだ熊が、向きを変えるやいなやウオーッと一声大きく吼えて、今度は老人に向かって走りだした。肩付けするいとまもなく、またもや腰矯にして、走り上る熊の真正面に撃ち込み、素早く切り株の上へ回り込んで、三弾目を詰めるべく遊底を開こうとした。ところが、老人がいくら引いてみても遊底は開かなくなってしまった。

古い村田銃の弾ケースは真鍮で造ってあり、何発か詰め替えをして撃っているとケース脹《ぶく》れをおこし、弾を発射した後、空ケースが抜けてこないことがあるのだ。羆は、と見れば、斜面に坐り込んで傷ついた胸のあたりを掻き毟《むし》っている。それを見定めた老人は、傍らに生えている少し太目のカシワの木に登った。

第一の枝は、地上から約八尺（二・四メートル強）あり、大きな羆なら立ち上がって前肢を伸ばすとどうにか届く高さに付いている。老人は、その一の枝に立って幹に左足をからませ、再度銃を操作してみたが、脹れたケースは一向に抜ける様子もなく、遊底はどうやっても開いてくれなかった。そのうち、立ち上がった熊が低い唸り声を発しながら斜面を上ってきた。木の下に寄った熊は、顔を振り上げて老人を見、木の上側に回り込むや、前肢を幹に掛けて立ち上がり、真っ赤な口をあけてガウーッと一声吼え、老人を威嚇した。仕方なく老人は銃の先を羆の顔面に押し付け、「ズドン、ズドン」と大声を出して脅かしてみた。だが、熊はひるむ気配すら見せず、木を叩いたり揺すったりしていたが、しまいには老人をにらみつけて大きく吼え、その木に登り始めた。

老人は思いっきり体を低くして、銃口で熊の鼻先を突いた。ウワッと短く吼え、いきなり熊が銃の先に噛みついた。老人は右手を銃床の台尻にかけ、熊の咽深くまでいきなり銃身を押し込んでやった。さすがに痛かったのであろう、熊は木から滑り落ちながら大きく頭を振った。そのとたん、危うく木から転落しそうになった老人は、思わず銃を手離し、木にしがみついた。

地面に落ちた熊は、頭を振って口から銃を放り出すと、またもや木に登りだした。羆が木に登るときは、一の枝まではそれほど早くないが、一の枝に前肢をかけると、そこから上に登るのは恐ろしく早い。まして、この木のように一の枝から地面までの間隔が短い木であれば、たちまちのうちに老人の足元まで来てしまう。

腰鉈を抜いた老人は、力一杯、登ってきた熊の頭にそれを叩きつけた。そしてさらに、一の枝に掛けた右前肢の指に鉈を振りおろし、指の大半を爪もろとも切り落としてしまった。

指を切られた熊は、自分の体重を支えきれずに木から転落し、ガウーッ、ガウーッと叫びながら、その辺りを狂ったように走り回った。頭を割られ、指を切断され、腹部に浅い傷とはいえシカ弾を受け、急所は外れていたものの鉛の実弾を一発胸元深くに撃ち込まれていては、出血も多量となる。そのためか、もはや走ることができなくなったらしく、熊は前肢を庇うような仕種で、よろめきながら山の奥へ遠去かっていった。

しばらく木の上にいた老人も、熊が戻ってこないのを確かめると、ようやく木から降り、銃を拾い上げて山を下った。

家に戻った大友老人は、古い薬莢《やっきょう》を選び出して新しいものと取り替えてから、木製の掃除棒を継ぎたして銃口から差し入れ、トントンと突いてみた。すると、さっきはいくら引いても開かなかった遊底が、ゴクンと音を立てて開いたのである。

油を充分にくれてから布切れで拭きとり、きれいに整えた銃を傍らに置いて、老人はお湯かけ飯を漬物と一緒に腹の中へ流し込み、再度出猟の支度をして外へ出た。

老人はまず、少し離れた隣の農家に足を向けた。その家の人たちは皆、裏の畑に出て大豆の穫り入れをしていたが、老人の姿を見た農家の主人が畑の縁まで上がってきて声をかけた。

「大友さん、どうしたかね、朝早くから鉄砲の音がしていたけど」

この人は山本さんという人で、昨日大豆畑が荒らされていると言ってきた当人である。

「うん、ゆんべここで撃ったシカを追っていったらよ、おっきな熊がシカの腹破《やぶ》って百尋（内臓）喰らっていたんだ。あいにく手負いにしてしまったでよ、これから追ってみるけど、あの上にあるナラの根っ株のところにシカが倒れていっから、二、三人で行って、おらのとこまで運んできてけろや。晩にはシカの肉で一杯やるべしよ」

「うん、わかった。すぐ運んでバラしておくから、気をつけてや。熊も運びに行ってやるべよ。大体、どのあたりだべか」

「そうだな、あのへんだと、大方シュムロ沢のカッチ（沢の詰め）だべよ。まああとから来てみてくれや」

「うん、シカを始末したら行ってみっから、気をつけて行ってや」

山本さんの声を背に受けて、老人は、畑の上縁《うわへり》から背丈の低い笹藪の中に足を踏み入れ、カシワの樹林へ向かってゆっくりと歩を進めていった。

先刻の現場を通るとき、老人はチラッとナラの根株に目をやった。シカはそのまま横たわっていた。それを横目で見つつ、そこから真っすぐに熊の跡を追い始めた。やがてカシワの樹林は尽きて、雑木の繁茂する原生林が続いていた。点々と続く血痕を辿るうち、小笹がまばらに生えているところに出た。そこで一度立ち止まった老人は、足元を見おろした。血の跡は、真っすぐ小笹の中へと続いている。周囲《あたり》を入念に見回した老人は、なんの躊躇もなくその小笹の繁みに踏み込んでいった。すでに実弾を装填した銃が、老人の左手に提《さ》げられていた。

笹の葉や地面に付着した血痕は、跡切れ跡切れながらもなお先へ続いている。少し先に小さな窪みがあり、そこにベットリと血の塊りが付いていた。熊が坐り込んだ跡だ。

〝近いな〟。老人は足を停め、顔を上げて様子を窺った。注意深く見回す老人の目には、何ひとつ動くものの影は映らなかった。透かし見る雑木林の樹間には、なにも変わったところはなく、たまさかに小鳥の囀りさえ聞こえるほど、静けさが辺りを包んでいた。だが、老人の頭の中から、〝熊は近くにいる〟との直感は去らなかった。全身を耳にし、目にもして、老人はその場に立ちつくしていた。

いくばくかの時が流れ、再び老人は歩き始めた、ひと足ひと足ごとに足元に目をやりながら。〝熊はもう少し先だ〟と、周囲の状況から老人は判断したのだ。歩き始めて五メートルあまり、右手にナラの大木が立っていて、その根元で血痕が消えた。

老人はナラの根元を回ってみた。ほんの二メートルほど離れたところに、もう一本、ナラの大木が立っており、その二本の木の真ん中あたりに、やや多目の血痕があった。まだ新しいものと思われるその血痕に、老人の目がひきつけられた。

あれだけ細心の注意を払いながら、老人は不覚にも前屈みになって、地面に落ちた血の跡を目で追った。それがすぐに跡切れているのを見たとき、何か異様な気配を感じた老人は、素早く傍らの大木に身を寄せた。その瞬間、後頭部に烈しい一撃を受け、前のめりに踏鞴《たたら》を踏んだ。倒れる寸前、老人は咄嗟に体の向きを変え、仰向けになって倒れながら銃を前に突き出し、覆いかぶさってきた熊の咽元に銃口を当てるようにして引き金を引いた。

ドッと胸にのしかかってきた熊の重みとズキンという胸の痛みを感じながら、老人はしだいに意識を失ってゆき、いつしか深い眠りに落ちた。

どれほどの時間が経った頃か、胸の苦しさに耐えかねて老人は、ふいに呻《うめ》き声を上げた。ウーン、ウーン、ウーンと、苦しげな呻きが三声、自分の耳に入り、ハッと気がついたとき、人の声が聞こえた。

「おい、大友さんが気がついたようだぞ。あんまり乱暴に動かすなよ。担架まだか、出来たら早く運んでいくべや」

と言ったのは、隣りの山本さんであった。

山本さんは、近くの人を集めてシカを運びにいったのだが、皆でシカを運び下ろす準備をしていたとき、あまり遠くはないと思われる辺りで、一発の銃声が上がるのを聞いた。だが、それっきりで、あとは何の物音もせず、大友老人も姿を見せなかった。熊をも運び出すつもりの山本さんは、八人の人を集めて行ったので、二人にシカをまかせ、あとの六人で銃声のした方へ歩いていった。そして熊の下敷きになっている老人を発見した、というのである。

こうして家に運ばれた老人は、床についたまま、訥々《とつとつ》とその日の出来事を語り、喚《よ》ばれた医者が到着したときには、もう二度と立ち上がることもできず、次の日には遂に帰らぬ人となってしまった。肋骨が折れて内臓に突き刺さり、出血が腹中に溜ったため、命を落とす羽目になったという。

この当時、私の父は北海道猟友会浦河支部の幹事として、三石村の会員のお世話をしていた関係で、この猟友の訃報を逸早く知らされた。早速馳せつけ、老人の葬儀の席に顔を出した父に、山本さんたちがつまびらかに語ってくれた事の顚末が、以上の話である。

このように、手負いの熊がどんなに恐ろしいものであるかということは、父からも、他の猟師からも、事あるごとに何度も聞かされていたし、「確実に斃《たお》せる距離でなければ、絶対に発砲するな」と固く戒められたものだった。さらに、「もし万が一、かりにも手負いの熊を出したとしたら、自分の命を賭けてでも、それを仕留めてしまうことに全力をそそげ」とまで教えこまれた。

このような教えが、少年の私をいっそう用心深くしたのか、身近に熊の気配を感ずることがずいぶんと早くなっていた。

4　横取り

時は流れ、私は十八歳の青年となっていた。

秋のある日、グリナーの二十四番を背に山回りをしていた私は、昼前には炭窯の見回りをすませ、咲梅《さくばい》川とその支流「田中の沢」の間の峰伝いを歩いていた。まだ時間も早いことだし、ヤマドリ（蝦夷雷鳥）でも二、三羽撃っていこうと思い立ち、咲梅川を横切って斜面を上り、咲梅川とその本流である鳧舞《けりまい》川の間の峰に足を踏み入れた。この辺りの山には、笹の生えているところはあまり見当たらず、山肌は一面、落葉に覆われている。その厚い落葉の床を踏みしめ、なだらかに続く峰々を伝って歩を進めつつ、ときおり立ち止まっては呼び笛《こ》を吹いてみた。だが、それに応えるヤマドリの声はなく、見はるかす山脈《やまなみ》は、ただ静けさに包まれていた。

今は実りの時、ヤマブドウは黒く色づき、コクワ（サルナシ）は鈴生りになって枝をたわめ、アカワンの木には黒い小粒の実がびっしりとなり、ゾミの木の枝は色鮮やかな赤い実を付けて重たげに頭を垂れ、見る者の目を楽しませてくれる。無風の山脈にも、ときにはそよ風が渡ってきて、ほんのりと汗ばむ頬を撫でてゆく。いかにも、長閑な秋の昼下がりである。

だが、いつもなら、たわわに実る木の実を喰べにくるはずのヤマドリは一羽も姿を見せず、あの可愛らしい鳴き声も一向に聞こえてこない。それに、この辺りは里に近く、コウライキジもしばしば見かけるはずなのに、その姿もまったく見えはしない。〝変なこともあるもんだな。しょうがないから、コクワでも採って帰ろうかな〟と思った私は、峰伝いに百メートルほど進んで、右へ下る小峰の分岐点に立った。この小峰を下ると下は雑木林となっていて、その雑木林の中ほどに、ピリカイ(現在の美河)へ通じる道が鳧舞川と並行して走っている。

小峰を下っていくと、左右の緩斜面に、コクワやヤマブドウの太い蔓が木々にからまって枝がたわむほどに実をつけているのが見え、続いて右の緩斜面の中腹に佇む熊の姿が見えた。コクワの蔓が絡まったカエデの木の天辺《てっぺん》で三歳ほどの熊がさかんにコクワを食べている。〝しめた、こいつを撃って持ってゆこう〟。

腰に巻いた弾帯にはいつも、散弾のほかに護身用として五発の実弾を挿している。背中の銃を下ろし、弾帯から抜いた実弾を送り込むと、立ち木の幹から幹へと身を隠しつつ忍び寄り、仔熊が上《のぼ》っている木まであと二十メートルほどに接近した。仔熊は、自分を狙っている銃口が身近に迫っていることも知らず、無心にコクワをむさぼり喰っている。

立ち木の蔭に隠れてさらに前進し、斜面に折り敷き、体を寄せた立ち木の幹に銃身を依託して、仔熊の脇腹に狙いを定めた。引き金に掛けた指が、今まさに動こうとしたとき、〝親熊はどうした？　どこにいるんだ？　きっと、どこかで見ているはずだ〟と、一瞬、脳裡に不安が走った。引き金にかけた指が止まった。そうっと銃を下ろして、山肌一帯に目を送り、前後左右を見回してみた。親熊の姿はどこにも見えなかった。

もう一度、銃を肩付けして仔熊に狙点を定めた。だが、一度湧き上がった親熊への恐れはどうしても消え去らず、私は引き金に指をかけたまま仔熊をじっと見つめていた。すると、すぐ下の山裾あたりで、ガウーッ、ガウーッ、ガガガッと、聞きなれない獣の声がした。

その瞬間、あわてふためいたようにカエデの木から飛び降りた仔熊が、一目散に向こう斜面に走り、またたく間に小峰の陰へ消え去った。私は銃を抱えて斜面に伏せ、どこからか出現するであろう親熊を待った。てっきり、自分が親熊に見つかったものと思い込んだのだ。

またもや、ガウーッ、ガウッと、今度はたしかに熊のものと思われる吠え声が聞こえた。木陰から這い出して、声の上がった山裾の方に目をやった。熊の姿は見えなかった。

私はいったん緩斜面を上って小峰に出、そこから山裾へ下っていった。足音を忍ばせて近づいてみると、小峰の先端は急傾斜となって落ち込んでおり、下の平地までは十メートルあまりの切り立った崖になっていた。その壁の大半は岩石が露出して足掛かりもなく、いかなるものでも直登は不可能である。

壁の上の立ち木に身を寄せ、崖の下を覗き込んで、びっくりした。〝いる、いる〟大きな羆が、それも三頭――。これまで何度も熊は見てきたが、こんなに大きなものが三頭もいるのを見たことはない。なかでも一番巨大な奴は、黒いところなど毫もなく、ほぼ全身が赤茶色の毛で覆われていて、わずかに腰のあたりが白っぽく見える。もう一頭の、それよりやや小ぶりに見える羆は、頭から背にかけて金色の毛で覆われており、前肢と後肢、腹のあたりは黒っぽい。そして一番小さい羆――と言っても他の二頭と比較して小さく見えるだけだが――は、頭から背にかけて銀白色の毛に包まれている。この三頭の熊のうち、赤毛と金毛が睨み合い、ときおり立ち上がっては前肢で叩き合いをし、ガウーッ、ガウッと吼えながら争っているのだ。少し離れたところで、銀毛は頭を振るような仕種をしながら、その争いを眺めている。

肩付けした銃を一番巨大な赤毛に向け、その心臓部に狙いをつけた。拳下《こぶしさ》がりの銃口はピタリと狙点に向けられた。だが、頭の中にまたしても不安が生じた。

〝たった五発の実弾で、この巨大な三頭の羆を相手にすることができるのだろうか〟

一発で一頭を倒すことはできないであろうし、一発撃ったところで他の二頭が逃げてくれればいいのだが、もし山裾を回って向かってきたとしたら、残り四発の実弾では、とても戦えるものではないだろう。〝ウインチェスターを持ってくればよかった〟とも思ったが、ライフルではヤマドリは撃てない。〝やめて帰れよ、お前一人でこの三頭を相手にするなんて、どだい無理な話だ〟とささやく声がどこからともなく聞こえた。

一度肩付けした銃を下ろすと、足音を忍ばせて小峰を登り、大峰を越えて咲梅の沢へ降りてゆき、咲梅の沢から田中の沢へ越える峰で三羽のヤマドリを手にして家に戻った。

カレーライスをつくると言う母の言葉にうなずいて、私は早速ヤマドリを捌《さば》き始めた。今日出合った三頭の巨熊《おおくま》のことは、まだ母には話していなかった。あの時、発砲しなかったのが正解だったのか、それとも得がたい好機を逸したのか、いくら考えてみても自分には分からず、それが胸にわだかまって、口外するのを憚《はばか》っていたのだ。

ヤマドリをつくっていたところに、昨日から他出していた父が戻ってきた。

「保、ヤマドリをとってきたのか。今夜はカレーライスだな、早くつくれよ」

と言いながら、父は家にも入らず私の傍らにしゃがんだ。

「父さん、おかえり。問屋さんの方どうだったの」

「ああ、すぐ三石の倉庫の分は出荷することになったし、月末までには梟舞の倉庫も空になってしまうな」

「そう、それはよかったね。ところで明日は予定があるの？」

「明日か。明日は別にないが、どうかしたのか」

その父の言葉を受けて、私は今日出合った三頭連れの羆についての一切を語った。話を聞きおわった父は、

「よし、明日の朝早く出かけて、足跡を追ってみよう」

と言って立ち上がった。

翌朝早く、父はウインチェスターのライフルを背に、私はグリナーの二十四番を持って家を出た。弾帯には昨日と同じく五発の実包と、二十発の散弾を挿した。父の弾袋には、五発入りの弾ケースが四つ、計二十発のライフル弾が入っている。それはダムダム弾という非常に破壊力のすぐれた弾丸であった。

咲梅川を遡《のぼ》り、昨日のコースをそのまま辿ると、間もなく大峰に出た。昨夜はこのあたりで翼を休めたのであろうコウライキジが、羽音高く飛びたった。

やがて二人は昨日の小峰に着き、辺りに注意を払いながら山裾へ向かって下っていった。〝もしかしたら、あの三頭の巨熊《おおくま》も、昨夜はこの辺に寝たのかも知れない〟そう思うと、いっそう気は昂ぶり、引き締まった。足音を忍ばせて崖の上に近づき、そっと下を覗いた。そして下の林の外れから山裾にかけて隈なく見回した。熊の姿はなく、いる気配すらなかった。

右斜面を回り込んで山裾から平地に出てみると、崖の下一面に熊が踏み荒らした足跡が付いていた。ここが昨日、赤毛と金毛が銀毛を横において争った場所である。

「保、お前、向こうから回れ、どっちへ行ったか足跡を探すんだ。抜け出た跡が見つかったら合図しろよ」

父が小さな声で言った。

「はい、下手《しもて》の方からでいいかい」

と尋ねながら父を見ると、父は右手を上げ、林と山裾の辺りから下手の林の中へ向けて、グルリと大きく円を描いた。それに応えて小さく頷いた私は、すぐに父の指示した方角へ足を向けた。父は上手《かみて》の方へ回ってみるつもりなのか、何も言わずに歩きだした。

山裾近い林の外れに、入り乱れた足跡があった。だが、それは昨日彼らがここへやってきたときに付けられた足跡であろうと思われた。〝ここから出ていった足跡はないか〞と、目を配りながら山裾から林の中へと歩を進めていったとき、コンコンと、父がいつも私を呼ぶときに送る合図が耳に入った。これは、声を出すことが憚《はばか》られるとき、銃床を指先で打って音をたてる合図の仕方で、辺りが静まりかえっているときなどは、意外と遠くまで聞こえるものだ。〝あっ、父が呼んでいる〟足を停めて父の方に目を凝らした。立ち並ぶ樹々の間に、手招きをしている父の姿が見えた。私はただちに山裾へ戻り、父の下《もと》へ急いだ。

「ほら、これを見ろよ。二頭は少し離れて林の中を歩いていってるけど、もう一頭のほうは山裾伝いに奥の方へ行ってるぞ。それにしても大きい足跡だな、これが前足だぞ」

と言いながら、父は十文半（二十五・五センチ）の地下足袋をはいた両足をそろえて、その赤毛のものと思われる足跡の上に立ち、さらにその先に右手の人差指と中指、薬指の三本を立てた。それほどに、赤毛の羆は並はずれて大きかったのである。

「保、どうやら熊はここで別々に分かれたようだ。今日は、この一番大きな奴を追ってみることにするぞ」

と父は私の目を見て言った。

巨熊の足跡は山裾と林の外れを奥へ向かい、やがてピリカイ山道の上り口近くで道路を横断し、右手に流れる鳧舞《けりまい》川の清流を渡り、緩斜面を上って峰を目指していた。

ここの峰々は、日高山脈の中ノ岳（一五三一メートル）から西へ走る分峰がピリカイ山を過ぎたあたりでさらに分岐し、南西へ蜿蜒《えんえん》と荻伏の海岸線まで伸びる山脈《やまなみ》で、鳧舞川と元浦川との分水嶺をなしている。それらの山腹には大小の沢が切れ込み、それらを束ねた二つの川は、豊かな清流となって太平洋へと注いでいる。そしてこの山の峰続きが、先述の「赤心社の山」であり、浦河七郎が手負い熊に襲われた現場もこの峰伝いにあった。

この日、赤毛の羆はその峰に登り、しばらく峰伝いに上《かみ》を目指していたようであったが、とある枝沢の詰めまできて、そこで坐って休んだような形跡があった。足跡はそこから右の斜面を降り、今度は元浦川側の沢に下っている。その跡を追った二人は、沢筋をたどって元浦川の本流に近い雑木林に足を踏み入れた。林の中はジメジメとした湿地帯で、赤毛がそこを抜けて本流に向かっているのは明白であった。だが、水気の多いところでは、足跡の窪みに溜った濁り水がプクリプクリと泡を吹いており、赤毛が間近にいることを示していた。

二人が本流にたどりついたとき、対岸の川原に赤毛の姿が見えた。赤毛は砂利の上に坐り込んで何かを喰べている様子だ。ここからは百メートルたらず、父のウインチェスターなら充分に撃ち倒せる距離だ。しかし万が一急所をはずしたら、と大事をとった父は、川岸の立ち木を利用してさらに上手《かみ》へ進み、地面を這うようにして近づいていった。位置は赤毛の真ん前、直線にして四十メートル、目の前のボサ藪を遮蔽物として折り敷いた父が、膝撃ちの姿勢で赤毛の心臓部に狙いをつけた。ダーンと一発の銃声が上がり、すぐさまもう一発の銃声がとどろいて、跳び上がった赤毛が上流目がけて走りだした。みるまに五十メートルほど走った赤毛は、突然ガクンと前のめりによろめき、頭から先にどっと頽《くずお》れたと見るや、むくむくと体を持ち上げ、前足を突っ張って上半身を起こした。そのとき、対岸の林の中を赤毛に向かって走る二つの人影がちらつき、川面を銃声が走って、赤毛の巨体がゆっくりと崩れていった。

父と私は一言も口をきかぬまま、こちらの川岸を上流に向かって歩いていった。せっかくここまで追いつめた赤毛の巨熊を最後の詰めのところまできて見事に横取りされてしまったのである。

5　追　跡

元浦川の上流で赤毛の巨熊を横取りしたのが、いつも川歩きの際は一緒に行動するアイヌ人・清水沢造と、歌笛に住むアイヌ人・桐本文吉の二人連れであったのには、いささか驚いたが、私たちはその日、彼らとともにそこの川原に泊り、次の朝、二人が「持っていって下さい」と言って差し出した熊の皮と胆嚢を返し、肉だけを少し切り取って帰路についた。

皮と胆嚢と言えば、一番お金になる部分である。それを差し出すということは、父と私が遠くから追ってきた熊だということが彼らにも判ったからで、沢造は「申し訳ない」と、しきりに頭を下げていた。父はそんな沢造に、「お前は、俺たちと違ってそれが生活の糧《かて》だろう、そんなに気にすることはないさ。いいから二人で持ってゆけよ。肉だけ少しくれよな」と応えて、わだかまりなく別れてきたのだ。

それから幾日かが過ぎて、十月も末に近づいていた。その日も父は他出していたし、母と末の妹・英子も父に同行していて、家には私の他に妹の実子と敏子、弟の昭三の四人がいた。

　敏子と昭三はまだ小学校から戻っていないし、実子も姉の家にでも行ったのか姿は見えず、午後は私が一人で留守番をしながら事務室の机の上に帳面をひろげ、月末の締切りに取り掛かっていた。そこへ、伊藤の叔父が戸を開けて入ってきた。

「タモちゃんよ、明日、炭の受け入れをしてもらえんかな。今月分にしてほしいと思ってよ」

「はい、いいですよ。それなら叔父さん、今日荷札を持って行くかい。あまったら明日、炭の受け入れがすんだ時点で返してもらうから」

「うん、そうするか。それじゃあ荷札を造ってもいいべかな」

「ああ、叔父さん造っていくの。はい、スタンプここに置きますよ」

と話が決まり、側《そば》の机の上で叔父が荷札にスタンプを押していると、表の方で子供たちの騒がしい声がして、小学校に行っていた弟と妹が走ってきた。

「田中さんの田圃《たんぼ》に熊が出た」

　と言うのである。

　帳面を帳立てに戻して立ち上がった私は、

「叔父さんも一緒に行くかい、行くんなら鉄砲出すよ」

と叔父に言った。

「タモちゃん、大丈夫か」

叔父は不安気に私を見て言った。

「大丈夫だよ。叔父さんは村田でいいでしょう、俺グリナーを持っていくから」

私は、散弾を抜き取って実弾を十発ずつ挿した弾帯を二本と二挺の銃を持って、外へ出た。そして村田銃と弾帯を一本、叔父に手渡し、自分もしっかりと仕度をして、叔父の先に立って走りだした。

ウインチェスターのライフル銃は、自重が一貫五百匁（五・六二五キログラム）もあって村田銃の二十八番やグリナーの二十四番よりも約一貫目（三・七五キログラム）も重く、持ち歩くには容易でなかったし、このときウインチェスターはやや具合が悪く、修理に出すため父が持ってでて、家には村田とグリナーの二挺しかなかったのである。

田中の沢を後にして咲梅の農道に出ると、田中さんの一番上の兄さんで久雄という人が待っていて、

「タモちゃん、きてくれたのかい。つい今しがたまで、あのヤチダモの川向かいにいたけれど、山に上っていったのか、姿が見えなくなったよ」

と言った。

田圃の畦路を通ってヤチダモの木に向かい、その根元から咲梅川を渡って対岸に上ると、川岸の砂地や岸辺のカッパヅル（水辺に生える雑草）に、熊の踏みつけた跡がびっしりと付いていた。そしてそこの山裾には、マタタビの蔓に覆われた一本のウグイスイタヤの木が立っていて、黄色く熟したマタタビの実が枝をたわめてなり下がっていた。その木の下に、熊がマタタビを拾って食べた形跡があり、すぐ側の山裾には、斜面に上《のぼ》り下《お》りした熊の足跡が明瞭に付いていた。弾込めのできている銃を左手に下げて、私は叔父とともに斜面を上り、追跡を開始した。

熊の足跡を辿ってしばらく山を上ってゆくと、先日ヤマドリを撃ちにきて巨熊《おおくま》に出合った林へ至る、あの大峰に来ていた。だが、この原生林の山脈《やまなみ》にもすでに、夕暮れの気配がただよい始め、たった今行ったばかりと思われるのに、熊の姿はこの見通しのよい山肌のどこにも見出せなかった。

こんな熊の多い山中に、視野が狭まる刻限まで留まるのは危険である。追跡は、もはやこれまでと思われた。

「叔父さん、日が暮れたら山歩き大変だから、もうやめましょう」

と、私は伊藤の叔父に言ってみた。

「うん、そうだな。早く戻ったほうがいいと、俺もさっきから思っていたんだ」

叔父はただちに同意した。

家に戻ってみると、母が父より一足先に帰宅していて、父は明日の夕方までには帰ってくる、と言った。

次の日、早朝からの木炭の受け入れを終え、帳面の締切りも大半終わらせた昼過ぎになって、他出していた父が自転車を走らせて帰ってきた。

「ああ腹がへった、母さん、飯にしてくれや」

「お父さん、おかえり。何も食べないできたの。まだ帰らないと思って、お菜《かず》なんにもないよ」

「なんでもいいよ。お湯沸いてるべ、お茶漬けでいいから。漬け物も出してくれや」

父がお茶漬けを掻っ込んでいるところへ、昨日農道で会った久雄さんが息を切らして駈けてきた。

「ああ、おじさん帰ってたんですか。たった今、また出たんです、熊が、田圃の近くまで出てきたんです。それで走って知らせにきました」

と久雄さんは興奮した面持ちで喋った。

「ほう、熊が出たってか。して、どの辺りに出たのよ」

「はい、昨日と同じところですよ」

「なに、昨日も出たってか」

飯を口に運びながら聞く父に、私は昨日の追跡の模様を詳しく話し、奥へ行って二挺の銃と弾帯をとってきた。

食べ終わった父は、無言のまま私を目でうながし、村田銃を手にして外に出た。グリナーを持った私は、すぐに父の後にしたがった。

家から農道までは三百メートルほどあり、農道から延びる田圃の畦道は百メートルたらずで咲梅川に至る。田圃の端から川縁までは約五メートルで、そこにヤチダモの大木が一本、高々と天を突き刺すように聳《そび》えている。

川幅は二メートル強、向こう岸から山裾までは幅五メートルほどの平地《ひらち》で、その山裾の尽きるところに、マタタビの蔓に覆われたウグイスイタヤの木が立っている。四、五歳ぐらいと思われる羆がその木に上って、蔓の絡んだ枝をユサユサと揺すっている様が望見された。バラバラと落ちたマタタビの実を、熊は木の途中まで滑り降りてくるや、そこから一気に飛び降りて、さかんに拾い喰いし始めた。

田圃の畦道を忍びつつヤチダモの根元に近づき、父は立ち木の右側に、私はその左側に分かれ、刈り取りの済んだ田圃の縁に折り敷いた。距離は十五メートルたらず。

熊が横向きになったところを二人で同時に前足の付け根を撃つ、とあらかじめ父と打ち合わせていた。だが、熊はこちらに尻を向けたまま、なかなか横を向いてくれない。そのうち熊は再び木に上り、マタタビの蔓を手繰り寄せ、実を揺すり落としてから下に飛び降り、食べ始めた。またしても熊は後ろ向きになった。指を引き金に掛けたまま持ち支える銃がしだいに重くなり、腕がしびれ、胸の動悸が耳につき、はりつめた時が流れ、咲梅川のせせらぎが低く静かに鳴っていた。そのとき、食餌の位置を変えようとして熊が歩きだし、一瞬後、左の脇腹をこちらに向けて立ち止まった。ダーンと一発、村田銃の重い音が走り、間髪を入れずズーンとグリナーの銃声が空気を震わせた。

パッと跳んだ熊が、凄まじい速さで山へ向かって駈け上った。下の平地から十メートルほど上ったところで、熊は足をもつれさせ、アオダモの根方にドサリと倒れたが、なおも前足を立てて上半身を起こした。ヤチダモの大木を背に川岸に立つ二人を、じっと見つめる熊の目が、午後の陽射しを浴びてキラキラと光っている。

間もなく、熊の頭が左右に揺れ始め、体がブルブルと震えだした。父は、二弾目の実弾を装塡した村田銃を持ち上げて、肩に付けた。ゆっくりと振られている頭に狙点を定めたようだ。ダーンという音とともに銃口から黒煙が走り、熊はガクンと頭をたれて斜面に頽《くずお》れ、そのまま二度と起き上がらなかった。

この若い牡羆は、それほど大きくはなかったが、私が十二歳の時から猟銃を用いるようになって、父と二人でとはいえ初めて撃った熊であった。

この羆の毛皮はその後、一部が加工されて襟巻となった。それは、鮮烈な思い出とともに今でも私の手元に残っている。

月が替わって十一月の五日、この日は父と二人で山を回っていた。先月の末に初雪が降って、来るべきものが来たと思われたが、その後は一片《ひとひら》の雪もなく、山は晩秋の佇まいのまま、一面、茶褐色に彩られ、針葉樹の林だけがその中にあって黒く島のように見えていた。

一号の窯の裏山についている道を上ってゆくと、やがて村有林との境界に至り、さらに、昔古い造材山の一角を削ってつくった集木場に辿りついた。そこには大量の木っ端が堆積していたが、大半はすでにボクボクに腐っていて土のようになっていた。辺り一帯はモミジガサ（スドケ）の自生地だが、今はもうすべてが枯れ果てていた。父と私はそこから峰に上り、三石川へ下る細い獣道を横に見て峰伝いに右手奥へ進んだ。

この辺りからは国有林となっていて、森林主事の簗田《やなだ》さんという方が巡回にくるたび、私を連れて歩くところである。簗田さんは、いつも二晩か三晩は家に泊っていくが、その都度、私は銃でヤマドリを撃ってきてはカレーライスや焼鳥をこしらえてご馳走した。そんなことが何年も続くうち、簗田さんの方から「出面賃《でめんちん》を払う」と言いだした。私は山歩きのたびに見つけておいた目ぼしい木を「出面賃の代わりに下さいませんか」と申し出てみた。こころよく、簗田さんは許可をくれた。

その頃、アオダモやヤチダモは野球のバットを作る材料として、またエンジュの尺丸もの（直径三十センチ以上の丸太）は馬車のダルマとして高値で取り引きされていた。私は山歩きの際に、そんな木の根元に刻印を打ち、それを払い下げてもらったものである。

その日は父と二人で、いつも簗田さんと一緒に歩くコースを辿り、やがてトドマツ林を抜けて雑木の立ち並ぶ原生林に足を踏み入れた。この雑木林にはナラの大木が多く、九月の末ともなればあちこちに舞茸がでる。

そこから右へ緩斜面を降ってゆくと、小さな窪地が目についた。その窪みの一角に熊の寝床があり、少し離れて、山肌から一段と高く露出した、上が平らな岩の下に、うず高く堆積した熊の糞があった。

それは、この岩の上から脱糞したものであって、相当の期間ここを棲処として寝起きし、一帯を縄張りにしている熊がいるものと見受けられた。そしてこの熊は、未だ冬眠の準備ができていないのか、あるいは穴の支度を済ませて来ているのか、いずれにせよ、今朝方もまた、ここで排泄していることに間違いはなかった。

「保、ちょっと来てみろ。この足跡、これは相当大きなものだぞ。これはきっと、俺たちの気配を感じて今行ったばかりだな。あまり遠くまでは行ってないぞ」

と言う父の下へ行ってみると、やや湿った地面に大きな熊の足跡がくっきりと印《しる》されており、その足跡は、緩斜面を斜めに横切って、一号の窯がある沢の方へと向かっていた。

二人は足を早めてその跡を追った。この夏の初め頃から晩秋にかけて、たびたび一号の窯の周辺に姿を見せていた熊は、もしかすると、この足跡の主であるのかもしれない。

しばらく行くと、太さ十センチから十五センチほどの若木が生えているところに出た。樹種は、マカバが多く、中にアサダやアオダモが混じっていたが、大半の若木にはコクワや山ブドウの蔓が絡まり上っていた。そのうちの四本は、地上から約二メートルの高さでへし折られており、そこで熊がコクワやブドウを採って喰った様子がはっきり認められた。こんな太さの木を苦もなく折ってしまうところをみると、それは凄まじい力の持ち主だと思わずにいられない。

その有様を眺めながら、一号の沢のカッチ（沢の詰め）を左の斜面へ降りつつ回ったとき、突然、けたたましく吠える犬の声が聞こえた。二人は立ち止まって耳をすました。その声が上がったのは、一号の窯の受持ち区域内でもまだ炭木として切り出していない山で、立ち木の多い斜面の辺りと思われた。

その頃、家には五頭の犬がいた。いつも放し飼いにしていたので、犬たちは自由に山野を駈けめぐり、気儘な日々を過ごしていた。私たちが山を回って歩く際、猟が目的でないときは連れてゆかないこともたびたびあったが、それでもいつのまにか側にきていて、前になり後になりして駈け回っていることが多かった。

きょうもまた、犬たちは山歩きをしている私たちの側にやってきて走り回っていたのだが、熊の寝床を見つけた頃から、姿が見えなくなり、それが突然、さほど遠くないところで吠え始めたのである。

二人は急いで犬の声のする方角に向かった。しかしその声は、私たちが三号の窯を右に見る広くなだらかな斜面に入ると、いつしか遠のいてしまった。

それから間もない、十一月の十日頃のことだった。私はその日朝から、川上よりルベシベにかけて農家回りをしていた。冬に備えて米の買い付けをするため、農家を一軒一軒訪ねて歩くのである。

家の倉庫には、内地米のうちでも大変美味しいと評判の黒石米や、叺詰《かます》めになった朝鮮米が大量に在庫されてはいたが、少しばかり値が張るので、焼子の人たちにはあまり喜ばれなかった。そんなわけで私の家では、歌笛米という味の点で評判のよかった米を、この時季になると、農家の庭先で玄米のうちに買付けるようにしていた。自分の馬でそれを精米所に運び白米にすると、相当安価にあげることができたのであった。

とりあえず五十俵あまりの買入れを済ませて、昼少し過ぎに帰ってみると、家の前に人だかりがしていて、その足下に、大きな熊が横たわっていた。

熊はただちに解体され、肉をみんなに分配した後、その場で、残った肉を用いて熊鍋をつくることになった。こうして始まった酒盛りは、夜の更けるまで賑々しく続けられた。

父の話によれば、先日から飯岡の沢（現在、清瀬と呼ばれている辺り）に熊が出て、飯岡さんの家の周りをうろつき歩いては、ニワトリ小屋を破ったり、馬屋の戸口を窺って戸板を爪で引っ掻いたり、そんなことを毎夜のように繰り返したのだという。知らせを受けて家を出た父は、途中で小林さんを誘い、今朝がた山に戻っていったと思われる新らしい熊の足跡を二人で追った。そして、この辺りでは珍らしい根曲り竹の藪にその熊が潜《ひそ》んでいるのを突き止め、二人で挟み撃ちにして斃《たお》したが、あまりに大きい熊であったので、二人だけでは動かすこともままならず、人里に応援を求めるべく下山の途中、雷鳥の密猟をしていた二人の男に出会い、これの力を借りて四人で山から下げ、里に出てから馬車を仕立てて家まで運んできたのだという。

6 山の神様

その年は、ほとんど雪を見ぬままに暮れ、昭和十年の正月を迎えた。忘れもしない、一月三日の朝のこと。朝食を終え、囲炉裏をかこんで雑談に花を咲かせていたとき突然、父が思い出したように私に話し掛けてきた。

「あっそうだ！ 保、お前、今日はどこへも行かないんだろう。それなら、これから山本のところへ行って、六馬《むつま》に会って話だけでも聞いてきてくれ。暮れに会ったとき、〝熊が冬眠用の穴を掘っているのを見つけた〟と言っていたから、詳しく場所を聞いて、できたら穴の位置や、穴の中に熊が入っているかどうか確かめてきてくれ」

父の意を受けて家から歩み出たとき、向こうから、小学校の同級生であった片岡三郎が近づいてくるのが目についた。

三郎は、小学校を卒業するとすぐ、和寒別の方に移っていったが、最近になってうちの山に越してきて、また山仕事をするようになった父母の手助けをしていたのである。今日は正月休みで、私のところへ遊びにきたものと思われた。

近寄ってきた三郎に、私が先に声を掛けた。

「三郎、うちへ遊びにきたのか」

「はい。でも、どこかに出かけるんですか」

「うん、ちょっと六馬のところまで行くんだけど、お前も一緒に行くか」

「はい、行きます。今日一日で正月休みも終わりですからね、また明日から親父と一緒に仕事に出ますから」

「そうか、せっかくの休みも今日で終わりか」

そんなとりとめのない話をしながら、二人は田圃に固く張りつめた氷の上を渡り歩き、近道を通って山本の家にやってきた。

「おはよう、おばさん。明けましておめでとう、今年もよろしく」

玄関の戸を開けて私が大きな声で新年の挨拶をすると、障子を開けて出てきたおばさんが、

「あら帳場さん、おめでとうございます。朝早くからどうしたの」

と不審げな面持ちで尋ねた。

「うん、六馬にちょっと用があってきたんだ。いるかい」

「はい、おりますよ。ちょっと待ってね、いま呼ぶから」

と言って、おばさんは奥に向かい、

「六馬、帳場さんが、用事があるんだって」

と大声で呼んだ。

山本六馬は、私より一級上で、躰が大きくて力も強く、その当時は、山本のおじさんや三歳上の兄と三人で、うちの山にきて働いていた。来意を告げると、六馬は

父との約束を覚えていて、早速仕度をととのえ、現場への案内を引き受けてくれた。

「ムー、熊の穴って大きいんだろう」

私は山本六馬を小学生の頃から「ムー」と呼んでいた。六馬は私を「ター」としばらく呼んでいたが、いつの間にか「帳場さん」と大人の真似をして呼ぶようになった。それでも、六馬の口調は相変らずで、他人行儀なところはまるでなかった。

「それがよ、傍らにいってみたんでないから、はっきりしたことは分からないんだよ。去年の秋に椎茸を採りにいったとき、最初は気がつかずに茸《きのこ》を採っていたんだ。すると、向こうのほうで、チラッと動いたものがあったんだ。顔を上げて見ると、なんと、それがでっかい熊だったんでよ、走りだしたら見つけられると思って、寝木の陰に体を伏せて見ていたんだ。そしたら熊が前足で土を掻き出して頭から入っていったんで、穴を掘っているんだと分かったんだ。そのとき、尻も見えなくなったから、もうだいぶ深く掘っていたと思うぞ。熊が穴の中へ入って見えなくなったんで、その隙に、椎茸を採らずに逃げてきたんだ。それから一度も行ってないから、穴がおっきいのかちっちゃいのか見当もつかんよ」

そんな風に手ぶりを混じえて話す六馬と私たちの三人が、咲梅の道から左に折れて小川伝いに入山したところが、前述の礦区の沢であった。

　この礦区の沢は、入口を過ぎてまもなく、右へ入る支流と出合う。その支流の沢は狭く切り立っており、とりわけ奥へ向かって右側、すなわち左岸は、ところどころに岩が露出した急斜面が続き、そこを直登するのは難渋をきわめる。

　支流の沢の右側に位置する山は、咲梅川との間にあって、その痩尾根は岩石の露頭が著しく、皆は一様に、それを「馬の背」と呼びならわしていた。

　熊の穴があるという目的地へは、その支流の沢からも行けるが、このとき三人はそこを避けて、礦区の沢伝いに奥へ進んでいった。この沢もまた、両岸ともに峻険をきわめ、奇岩大石が累々と沢を埋めて行く手を阻んでいた。それらの岩石を乗りこえて沢なりに進んだ三人は、やがて左岸の切り立った断崖の下で立ち止まった。

「ここを登れば、すぐ上に椎茸の出ていた木があるんだ。この辺りでは、ここよりほかに登れるところはないからな」

　そう言って、六馬が先に立ってその絶壁を登り始めた。やや離れて、三郎と私が続いた。岩の突起を探り、オーバーハング気味に上部が迫《せ》り出した壁のテラスを横に渡り、さらに岩の割れ目を伝って上へ這い上がっていった。

こうして二十メートルあまりの岩壁を登りきった三人は、小笹の生えた広い緩斜面の外れに出た。そこから見上げるなだらかな斜面は、山の上へ延びて雑木の大木が立ち並ぶ山襞の岐《わか》れに至るが、その半ばからは黒々としたトドマツの林に被われており、山嶺の雪の白さと対照をなしてそれが鮮やかに浮き上がって見える。一帯は、人の手の入らない、不伐とも言うべき原生林であった。

先を歩いていた六馬が、急に振り返って言った。

「ほら、ここへ来てみれ。これが去年取り残していった椎茸だよ」

六馬が指さす方を見ると、誰かが盗伐でもしたのか、ナラの木の太い部分だけを切りとった寝木があった。木の肌一面に出た椎茸が腐らぬままに凍りついていて、指で叩くとカンカンと音がした。

「この椎茸を見つけて採り始めたとき、ほら、あそこに大きなナラの根剝《ねむく》れがあるだろう、あの木の根元のところで、でっかい熊が穴を掘っていたんだ。びっくりしたな。ここに伏せていて、熊が穴に入ったのを見て、この茸を採らずに逃げて帰ったんだ」

と言って六馬は、そこから三十メートルほど離れたところに横たわっている、遠目にもナラの大木と判別される風倒木を指さした。

「そうか、あそこが熊の穴か。よし、分かった。中に入っているかどうか、ちょっと様子を見てくるか」

私は何気なく、向こうに見えている根剝れに近づいていった。

この辺りの山のように地山《ぢやま》が岩石で形成されていて地表の浅いところでは、樹木や笹は土中深くに根を伸ばすことができず、表層にのみ根を張るものが多い。そんな木は台風などで根こそぎ倒されてしまうことがあって、それを根剝れと呼び、強風で折られた木を含めて風倒木と呼んでいる。

六馬の指さしたその根剝れの側に来て、よく見ると、倒れたナラの大木は根元近くで二股に分かれていて、どちらの幹も同じくらいの太さであった。そして根元の剝れたところは、土が小山のように盛り上がっていた。その土の山は熊が穴を掘ったときにできたもので、穴はその土の山の向こう側にあるようだ。

私はいったん斜面の下《しも》に回り込み、倒れた幹の傍らから穴へ近づいていった。盛り上がった土の壁まであと一メートルほどに接近したとき、目の前を横切る一本のゾミの木に突き当たり、行く手を遮られた。その木は、だいぶ前に誰かが鉈のような刃物で幹に切り込みを入れて横に折り曲げたもので、それから相当永い年月が経っているらしく、切り込みの入った折り口のところは、生木が盛り上がって丸味をおびている。折られて水平になった幹からは若い小枝が上へ隙間なく生え、それが私の前進を阻んだのだ。仕方なく、私は斜面に膝をつき、その下を這って潜り抜けた。眼前に、熊が掘り出したものと見られる土の壁があった。

立ち上がって、その壁の向こうに目をやった。穴の入口に細いアオダモの木が生えており、その木肌に、熊が穴を掘った際なすりつけたものと思われる赤土が、乾いた状態で付着している。穴の縁には、ほんの二、三センチほど雪が積もっていて、その上にエゾリスの足跡と、きょう私の跡を追ってきた獣猟犬のノンコがたった今通りすぎていった足跡とが付いている。右手でそのアオダモを握り、左の掌をそっと雪の上に置き、そのままの姿勢で左手に力を入れ、一段上に足場を移して伸び上がって熊の穴を覗き込んだ。

それは、今まで想像してみたこともない、見事なまでに美しい造作であった。直径八十センチ以上の大きな穴の内側に、笹の葉がびっしりと、しかもまったく同じ厚みで貼りつけてあるのだ。真ん中の洞《うろ》になった部分は、直径三十センチほどの正円形になっている。

さっき、この穴に近寄ったとき、広範囲にわたって付近の小笹の葉が摘みとられているのを目にし、〝どうして、こんなに〟と訝しく思ったが、きっとシカの群れによる採餌の痕であろうと、自分なりにその疑問にけりをつけていた。それが、穴を覗いたとたん、熊の仕業と分かって、私は驚き、目をみはった。

それにしても、野生の猛獣である羆に、こんな繊細な仕事が本当にできるものなのだろうか。そう疑いたくなるほどに、それは素晴らしい出来栄えであった。

あまりの見事さに眼を奪われて、穴の中にいるかも知れない熊のことなど、私はほとんど忘れてしまっていた。剝れ上がった根っ子の上にいた三郎と穴の左側に立っていた六馬の方を交互に見て、声に出して言った。

「おい、二人ともちょっと来てみれよ。ずいぶん綺麗にしてあるもんだぞ」

「本当か」

と言って六馬が私の横へ歩きかけたとき、さわーっと何かが動いたような気配を感じ、思わず熊の穴に顔を戻した――一瞬、体が硬直し、息が止まった。

眼前わずか三十センチほどのところに、らんらんと光る目と開いた真っ赤な口、白い牙があった。ウオーッと一声吼えて、その牙が目に突き刺さるように迫り、なま温かい息が顔をなぜた。三郎がパッと根っ子の上から飛び降り、六馬が弾《はじ》けるように走りだし、咄嗟に穴から身を引いた私はクルリと後ろを向き、逃げようとした体が前へ進まなくなった。〝あっ、やられる〟穴から飛び出た熊に背後から摑まれたと思うと同時に、体を前へ投げ、思いっきり斜面に跳んだ。

宙に浮いて一回転した体は足から先に斜面に着き、そのまま駈けだしていた。しかし、惰性のついた足は下りの斜面で勢いを増し、思いあまって目の前に見えた一本の細い立ち木に飛びついた。なんと、それは枯木であった。私は枯木を抱いたまま、もんどりうって転がった。

したたかに斜面に叩きつけられ、やっとの思いで立ち上がった私は、体のどこにも痛みを感じていないことを知り、ほっとして後ろを振り返った。熊の穴の縁にノンコがいるのが見えた。ノンコは空の臭いを嗅ぐような仕種《しぐさ》で高鼻を使っている。だが、その様子からして、まだ穴の中にいる熊には気づいていないようだ。

おそらく、ノンコは熊の吼える声を聞いて走ってきて、その辺りの臭いが一番強いと感じ、穴の縁に立って熊の居場所を突き止めようとしているのだろう。そして熊は、大嫌いな犬が来て穴の前に立ちふさがってしまったため、私を追って飛び出すこともできず、穴の奥深くに身を潜ませたものと見える。

ノンコが穴の中に目をつけて熊に戦いを挑むようなことになると、始末が悪い。私はただちにノンコを呼んだ。熊の吼えた声を耳にして気が立っていたのであろう、ノンコは一目散に走ってきた。

再び集まった三人は、互いの無事を確かめ合うと、一緒になって急斜面を辿り降り、支流の沢を下って約四キロの道程《みちのり》を走り通し、ようやく私の家に辿りついた。

後で判ったことだが、熊に吼えられて私が穴の縁から逃がれようとしたとき、ぐっと体が止まり、〝後ろから熊に摑まれた〟と思ったのは、穴へ近寄ろうとして這って潜り抜けたあのゾミの木に、下腹が引っかかって前へ進めなくなったためであった。だが、あのときは本当に熊に摑まれたように感じられ、背中から首筋のあたりがぞくっとしたのであった。

三人が私の家に着いたときは、もう昼近くになっていた。玄関にとびこむと来客中の様子で、上り框《かまち》の障子をあけてみたら、歌笛の松山木工場の社長で歌笛村の村会議員を務める松山さんが年始の挨拶に見えていた。父との挨拶が終わり、ちょうど二人が頭を上げたところであった。

テーブルの上にご馳走を並べていた母が私を見て、

「どうだった」

と小さな声で尋ねた。

「うん、いたよ」

私も小声で返事をした。すると、

「見てきたのかい」

と、今度はややきつい顔で、語調も少し強く母が言った。それを耳にしたのか父が、

「なんだ、どうしたんだ、こそこそ話なんかして」

と、咎めるような口調で母に言った。

「お父さん、忘れているのかい。今朝早く、保を山へやったでしょうに」

母が父と私を見返りながら言った。

「あっ、そうだった。それで、どうなんだ、六馬に場所おしえてもらったか」

「うん、穴の中に熊が入っていたよ」

「なにっ、熊がいたって、お前、穴の中まで見てきたのか」

父が少し声を荒らげた。

「うん、だって父さん、俺が出かけるとき、いるかいないか確かめてこいって言ったでしょう」

「そんなこと言ったか。して、どんな具合だった」

「うん、穴の中を覗いたら、おっきな声で吼えられてさ、走って帰ってきたんだよ」

「よし、わかった。早く飯をたべろ。そして、もう一度案内しろ。礦区の沢ならここから一里ほどしかないから、時間はたっぷりある。松山さん、熊を撃ってきてから一杯やることにしましょうや」

そう松山さんに言って父が立ち上がった。すると松山さんは、

「そうですか。それじゃあ、私も一緒に連れていって下さい」

と言って立ち上がり、玄関に下りてきた。そこへ伊藤の叔父も来合わせ、これも一緒に行くことになって、早速準備にとりかかった。

冬眠中の熊を捕獲する方法は、アイヌの人たちの話によれば、場所によりその都

度やり方が違うというが、一般には、木枠を組み、その枠で穴の口をふさぎ、杭を打ち込んで枠を固定し、熊を穴の中に閉じ込めて出られなくしてから撃ちとるやり方が多かったようで、今回はこの方法が採用されることになった。用意した道具は、鋸、腰鉈、針金、ペンチ、それに杭を打ち込むために使用するハンマー代りの重い木割り鉞《まさかり》で、枠や杭は山に行ってから造ることにした。

小一時間後、それぞれが分担した道具を手に、家を出発した。こうして山へ向かったのは、父と伊藤の叔父、松山さん、長姉の夫・義平、父方の従兄・金七さん、山本六馬、片岡三郎、そして私の、総勢八人であった。人数は多かったが、肝心の銃は一挺しかなかった。私がいつも使っていたグリナーの二十四番は、撃針が折れたため修理に出してあったし、ウインチェスターのライフル銃も部品交換のため札幌の銃砲店に置いてあり、家には村田の二十八番が一挺だけ残っていた。その一挺を父が携えて出かけたのである。

礦区の沢に入ってすぐ、アオダモの手頃の太さの木を選び出し、枠が組まれ、杭も四本出来上がった。

私はそのとき、〝どうしても人数が多すぎる〟と思った。枠を持つ者が一人、杭を持つ者が一人、鉞を持つ者が一人、そして銃を持った父と、四人がいれば充分なのだ。あまつさえ、万が一、熊が穴から外へ出てしまったなら、撃ち手にとっては人数が多いほど邪魔が増える。熊の動きによって生ずる人の動きが錯綜すると、矢先が制限され、射撃の範囲を狭めてしまう可能性があるのではないか。叔父たちが再び出発の仕度をしているのを眺めながら、そんなことを考えていたら、

「保よ、お前と三郎はここに残れ。現場に行く人数はなるべく少ないほうがいいからな」

と父が二人に言った。私は、きっと父がそう言うであろうと思っていたが、やはりその通りになった。私は黙って頷くと、不満そうに俯いている三郎の袖口を引き、無言のまま目で合図を送った。

一行は父を先頭にして、本流と支流の合流点より支流に少し入り、先刻私たちが支流の沢に下る際に通った中峰のたるみから、今度は逆に中峰へ登ってゆき、雑木林の中に姿を消した。

「三郎、行くぞ、早くこい」

私は歩きだしながら三郎を呼んだ。

「帳場さん、待って下さい。どこへ行くんですか」

三郎は、兄元においた握り飯の包みを取り上げながら怪訝な顔で聞いた。

その握り飯は、昼飯を食べるよう勧めたのに遠慮をして手を付けなかった六馬と三郎のために、母が作ってくれたもので、二個のうち一個を先ほど食べたので、もう一個が残っていたのである。

「うん、馬の背だ。あそこならよく見えるはずだから、早く行くぞ」

「はい、分かりました」

笑顔の戻った三郎と私は大急ぎで馬の背の岩場に向かった。そして、岩を抱えた木の根や石を足掛かりにして岩場を登ってゆき、〝大体このあたり〟と見当をつけ、馬の背を跨《また》ぐように根を張っているソネの大木に攀《よ》じ登った。

私は太い第一の枝に立って、視野をさえぎる小枝を腰鉈で切り払い、見通しをよくした。予期した通り、目の前四、五十メートルほどのところに根剥れの木があり、根元の盛り上がった土の山の左側に、ぽっかりとあいた熊の穴が黒っぽく見えた。

支流の沢を間《あいだ》にして向こう正面に展開する緩斜面を見渡すと、穴の二メートルあまり右からトドマツの林となるが、その林から左へ約四十メートルの間は笹や灌木の茂みで、大木は真ん中あたりに生えているナラの木が一本しかない。さらに左の外れにナラの大木がもう一本見られるが、そこから左は、二人が上ったソネの木の陰になって見ることができない。

位置としてはこちら側が少し高みにあって、熊の穴と二人を結ぶ目線は、やや下へ傾いている。眼下には、深く切れ込んだ支流の沢が立ち並ぶ樹々の間に黒々と見え、そこから上へ、雑木の茂る急な山肌が伸び上がり、さらになだらかな斜面へと続いている。私の目には、前方に開けた空間が巨大なスクリーンのように映った。

そして、待つというほどの間もなく、左端のナラの木の陰から父が姿を見せ、真っすぐ、ゆっくりと穴に向かって進み、次いで義平兄が枠を肩にして続き、その後から金七さんが束ねた杭を肩に担いで現われ、一番しんがりに大鉞を担いだ六馬が登場した。松山さんと伊藤の叔父の二人は、どこか離れたところで木に登っているのか、そこには姿を見せなかった。

銃を構えた父が一歩一歩、確かめるように足を運び、後ろの三人も一列になって、しずしずと穴の方へ近寄っていった。先頭の父が穴から五メートルほどの地点で立ち止まり、後ろの三人も足を止めた。父は背伸びするような格好で、しばし穴の方を窺っていたが、またもや、そろりと足を踏み出して穴の方へ近づき、三人もそれにならって前へ進んだ。父が足を向けているのは、さっき六馬が辿ったコースで、熊の穴を正面に見て左側に接近しつつあった。

身をかがめて穴の傍らに忍び寄った父が、ハッとしたように動きを止め、一瞬後、後ろに大きく手を振って自らも後退りした。

杭を捨てた金七さんと鉞を放った六馬の二人がバラバラと走りだし、枠を肩にしたままの義平兄が一人、取り残された。父は途中に一本だけ立っているナラの大木に身を寄せ、金七さんと六馬の二人は父より先にその木の横を走り抜けていった。そのとき、むくむくと穴の入口が動き、みるからに大きな熊が立ち上がるや、空に向かってウオーッと一声、大きく吼えた。その声に初めて気づいたのか、肩の枠を放り投げた義平兄が今来た方へ走りだし、それを見た熊がウオッと短く腹に突き刺さるような声で吼え、走る義平兄を追い、一跳びごとにウオッ、ウオッと威嚇の声を上げた。

熊の一跳びは、走る人間の十歩に匹敵するほどで、あっというまに義平兄との距離がつまってしまった。熊が三回目に猛り狂ったように吼え、跳躍して宙に浮いたとき、ナラの大木の蔭からダーンという銃声とともに一条の火箭《ひや》が走り熊の脇腹を衝いた。その瞬間、私の口から思わず「危ない」と声が出た。三度目に宙へ跳んだ熊が着地したとき、義平兄と熊とが斜面で一つになってもつれてしまったのである。

〝やられたな〟と思って目を凝らすと、熊はそこで跳び上がるように立ち上がり、今度はナラの大木目がけて走りだした。銃弾を撃ち込んだ父に目標を代えたのだ。ところが、斜面の下に立つナラの木に向かって突進した熊は、父が寸前にくるりと木の後ろへ回ったため、そこでは停まることができず、すごい勢いで真っすぐ下ってきた。そして、その熊の向かっている先には私たちがいる。熊が支流の沢に降り、そのまま馬の背へ直登するとすれば、いま二人が上っているソネの木の辺りに来ることは間違いない。そのまま咲梅の沢に向かってくれればいいが、ここにいる二人に気づいたら、きっとこの木を登ってくる。どうするか――。

「三郎、お前、俺の上に登れ。熊が下から上ってきても声を出すなよ」

と三郎に言って、私がひとつ下の枝に移るべく足を伸ばしたとき、ドシンと鈍い音が聞こえた。目をやると、走り下ってきたはずの熊が、緩斜面から支流の沢に落ち込んでいる切り立った壁のすぐ上で、後ろにひっくり返るように倒れるのが見え、笹の茂みに姿が隠れた。〝あっ、倒れたっ。よしっ、こっちには来ないぞ〟と思ったのも束の間、むくむくと笹の中から黒い巨頭が持ち上がった。そして走ってくる父を迎え撃つかのように立ち上がったが、よく見ると、前足でどうにか上体を支えているだけで、後足はもはや利《き》かないらしく、その場に坐ったまま動けずにいるのだ。そのとき、

「兄さーん、もう一頭出たぞー」

と伊藤の叔父が叫んだ。

「なにっ、もう一頭いたって」

足を止めて振り向いた父が、大声で聞き返した。その急《せ》き込むような荒い父の声に続いて、

「兄さん、子っこ熊だよ」

という叔父の安堵の声がひびいた。

穴の周囲を明け三歳ぐらいの小さな熊がウロウロと歩き回っている。その仔熊がクーン、クーンと私たちのところまで聞こえるほどの高い声で啼いた。それは、突然穴から飛び出していった母熊を呼ぶ野性の呼び声であった。だが、重傷を負って

いるのであろう母熊は、その呼び掛けに応えてやることはしなかった。

「子っこ熊なら、かまうなよ。いいから、そのままにしておけ」

と父が叫び、ゆっくりとした足取りで母熊に近づいた。熊はすでに立ち上がる気配もなく、側に来た父が銃口を向けても、ぐらりぐらりと左右に頭を動かすばかりであった。

二発目の銃声が山襞に木霊《こだま》し、母熊がドサリと笹の茂みに倒れ臥《ふ》した。クーンと、仔熊はひと声悲しげに啼き、穴を離れて上手《かみて》の原生林に姿を消した。

その仔熊の後ろ姿を見送った後、ソネの木から下りた二人は、一気に支流の沢を下って対岸の急斜面に取りついた。倒木や立ち木の枝などを手掛かりにして、もう少しで緩斜面の肩に手が届くところまで上ったとき、

「まだくるな！　熊はまだ動いているからな」

と、父が私たちの気配を察知したのか、大声で叫んだ。

二人はナラの倒木に身を隠して、ひたすら待った。凍りついた急斜面は足掛かりが少なく、うっかりすると辷り落ちそうになる。倒木の枝にしがみついて、三郎と私はそれを辛うじて堪えていた。

静かに時が流れ、三発目の銃声が鋭く空気を震わせた。そして、父が言った。

「もういいぞ、二人とも上がってこい」

倒木を伝って緩斜面へ上ってゆくと、ちょうどその木の切り口の下に、大きな熊が倒れていた。熊は、完全に息絶えていた。

やがて皆がそこに集まってきて、運搬の準備に取り掛かった。熊の前足と後足をそれぞれ縄で縛り、そこに木の棒を通して肩を入れたが、二人ではとても腰が切れず、支えを四点にしてやっと担ぎ上げたほどの、それは巨大な熊であった。

一足先に山を下りた三郎と私は、一番近い農家である松本さんの家に走り、馬と稲運びに使う土橇とを借りて礦区の沢に引き返した。四人がかりで山から担ぎ降ろした熊は沢の入口で土橇に積まれ、馬に牽かれて私の家へ向かった。こうして家に辿り着いたときには、日はとっぷりと暮れていた。

暗くなってしまったので解体は明日の朝からということになり、手伝ってくれた人たちもそれぞれ引き上げていった。松本さんから借りた馬と土橇は、松本さんの隣りに住んでいる山本六馬が連れて帰った。父と私は家の前の土間に板を並べて、その上に熊を乗せ、テントをかぶせてから五頭の犬たちに番をさせた。

次の日、朝早くからこの巨熊《おおくま》の解体が始まったが、それに先立って銃創が調べられた。熊が義平兄を追って三度目の跳躍をしたときに放たれた第一弾は、胸の真ん中を貫通しており、その出弾孔からは内臓が少し食《は》み出していた。解体してから判ったのだが、この初弾の一発は熊の肺臓を貫通していた。熊が倒れてから止どめに撃った頭の二弾と三弾は、いずれも盲貫銃創（弾が体内にとどまっている傷の状態）となっていた。一弾は右側の耳の付け根に、もう一弾は耳の穴に入っていた。

「あらっ、この熊の鼻柱どうしたの」

と、熊の顔のあたりについた土を拭きとっていた母が、だしぬけに妙なことを言った。

「どうしたのって、なにがよ」

父が訝しげに尋ねた。

「ほら、ここ変だよ、グシャグシャになって。これ、折れているんだよ」

と母に言われて見れば、どうしたことか、鼻柱が上顎もろとも折れて骨が砕けており、動かしてみるとグラグラになっている。

「変だな、どうしてそんなとこが折れたんだろう」

と、山に行った人たちは皆、首をひねった。

解体が進み、皮を剝いだ後に腹を裂いて一番先に取り出された胆嚢を一目見て、びっくりした。大きいのだ。それまで幾度も熊の胆嚢なるものを見たことはあったが、こんな大きな、巨大なナスのようなものは一度も見たことがなかった。

清水沢造や他のアイヌの人たちから話としてはよく聞かされていたが、まさかこの熊がそれにあてはまるものだとは、私はすぐには信じることができなかった。

その話というのは、こうだ。昔からアイヌの人たちは熊を殺すとき、「一度に息の根を止めずに、うんと怒らせてから殺す」のだという。そうすることにより、「胆嚢が肥大して熊の胆《い》として売るときに目方が多くなる」のだと。私は初めて目にした大きな胆嚢と、昨日穴から飛び出した後の熊の行動とを思い合わせるうち、その話は〝本当かもしれない〟と思い始めていた。

やがて、砕けた鼻柱のところから上顎についている牙が骨付きのまま剝《は》がしとられ、その有様を見ているうち、今までどこかモヤモヤしていたものが吹きとんで、脳裡に太いナラの切り口が浮かび上がった。

「わかった！」

思わず、私の口からびっくりするような大声が飛び出した。

「どうした、なにがわかったんだ？　でっかい声を出して」

と父がやや咎めるように言った。周りの人たちも皆、急に手を止めて私の方を見た。

みずから自分の声に驚いていただけに、少し面映ゆい心地がしたが、ともかく自分なりの思いつきを喋ってみた。

「あのね、鼻が折れた原因は、あそこにあったナラの木の切り口に、この熊がぶつかったからだよ」

「ナラの切り口だって？　そんな木口《こぐち》なんか、あったか」

父がみんなを見回しながら言った。

「あったでしょう。俺と三郎が摑まって上ってきた木の木口が、斜面の肩のところに突き出ていたもの。なあ三郎、あったよな」

三郎なら覚えているかも知れないと思って聞いてみた。

「はい、確かにありました。俺、あの木口の上から跳び下りたから、よっく覚えてます」

三郎がそう答えたので、それ以上の詮索とはならず、また解体が続けられた。

その日解体が終わってからも、あのときの状況がまた私たちの話題となった。結論は出なかったが、私は自分の考えにいっそう確信を深めた。一発目の弾丸に肺を貫かれ、怒りにまかせて斜面を走り下ったあの熊が、何ごともなくあんなところで倒れるはずがないのだ。なにもなければ、勢いがついたまま狭い支流の沢へ一気に突っ込んでいるか、あるいは、もっと激しい抵抗があったはずだ。いずれにせよ、あれだけの巨熊《おおくま》、しかも仔連れの母熊ともなれば、あんなに脆い崩れ方をするわけがない。

乾ききって硬くなったナラの木口に、鼻柱が上顎の骨もろとも砕けるほど激しく打ち当たったとすれば、熊にとってその痛手は一発の銃弾よりも大きく、こちらにしてみれば、それは偶然が味方をした僥倖であった。

《父の話》

「準備をととのえて山に上り、穴の見えるところまできたので、松山さんと伊藤の二人は木に上らせたさ。義平には枠を持たせ、金七には杭を持たせて、鉞は六馬が持って、枠、杭、鉞の順に、俺の後に続くように言って静かに進んだよ。穴の近くまで行ったとき、なんだか変な音がしたと思って立ち止まったさ。だけど、なんにも聞こえないし、そうだなあ、あのときは俺のとこから穴まで五メートルくらいあったかな、耳のせいかと思って、また歩きだして、今度は二メートルほどに近づいたときだったな、穴の縁が見えていて、その縁のところで枯れた笹の葉が一枚、風もないのにフワリと舞い上がった。と同時にフーッと荒い鼻息のような音がした。そして笹の葉のかたまりが、もくりと穴の縁に押し出されたさ。〝熊が穴から出る〟と思ったので、後退するように後ろに手を振って合図をしたよ。みんなの走る足音を聞いて、俺も後退した。あのとき、穴の方を見ながら少しの間、後ろ向きにさがってから向きを変えたから、義平が後に取り残されたの全然知らなかったよ。途中に一本だけ立っていたナラの木に寄って振り返ったときだった、穴の縁に立ち上がった熊が、両手を振り上げてウオーッて吼えてから義平を追い始めたさ。〝駄目かな〟とは思ったけど、鉄砲を撃てば俺の方へ向かってくると思って、跳び上がったところへ一発撃ち込んでやったよ。案の定、熊の奴、俺の方へ向かってきたさ。俺は、あの立ち木を回りながら二発目をこめて、倒れた熊の方に下り始めたとき、伊藤がもう一頭出たって言うもんだから驚いたよ。子っこ熊だって言うもんで、安心はしたけどな……。」

《義平兄の話》

「俺は、あの枠を持って親父さんの後からついて行ったよ。穴の五メートルばかり手前で一度立ち止まったけど、あのときはなんにも変わったことはなかったよ。それからちょっと歩いて、また止まったので、俺も止まったけど、枠が少し重かったので、右の肩から左の肩に移しかえてから前を見たら親父さんの姿が見えなくなっていた。俺、あの日、眼鏡のツルを折ってしまって、眼鏡をしていかなかったんだ。それで親父さんの合図も、熊が穴から出たのも見えなかったんだ。ウオーッて熊の吼える声を聞いて初めて熊が外に出ていることに気がついたもの、枠をぶん投げて夢中で走ったさ。ウオッ、ウオッて、後から迫ってくる熊の声も耳に入っていたよ。もう駄目かと思ったとき、顔の前にあまり太くはないが一本の立ち木が見えたんだ。咄嗟に右の山手の方に躰をよけたとき、ガーンと鉄砲の音がして、同時に背中を強く押されて、そのまま笹の中に倒されてしまった。それからすぐ、笹の中を這って逃げたよ。そして、自分が無事でいることに気がついて、笹の中に横になっていたよ。あたりがシーンとしたとき、兄さーん、もう一頭出たって叔父さんの声だろう、もう立ち上がる気力もなくて、そのまま笹の中に坐ってた。」

義平兄の話はそこで終わったのであるが、その話の中の、もう駄目かと思ったとき目の前に一本の立ち木が現われて体を右によけたという件《くだり》には、何か頷けないものを感じていた。

それから数日後、仔熊の様子を見るべく父と二人で穴のところへ行ってみた。あれから少し雪が降ったので、緩斜面は一面、白い薄衣《うすぎぬ》をまとい、その表面には、仔熊が戻ってきて再び穴の中に入った跡がくっきりと残っていた。そうっと穴の側から退いた二人は今度は親熊の倒れた場所に足を向けた。

緩斜面から急斜面に移る肩のところに、やはりナラの木口が地面から一メートルあまり浮いたようになって突き出ており、乾いて灰色に変色し硬化した切り口を見せていた。

「ほう、この木のことか。ほら、来てみろ。お前の言ったとおりだ。ここに鼻柱をぶっつけたんだ。ひどいもんだな、この固い木の木口が、こんな跡がつくほど凹んでいるぞ」

そう言って父が撫でている木口を見ると、確かに表面がわずかに凹んで少し白っぽくなっている箇所があった。

そこから緩斜面を上って、父が一弾目を発射したナラの木の辺りにやってきた。義平があそこを駈けて、熊がこう跳んで、俺がここからこう撃った……という父の説明を聞いているうち、私は自分がいま目にしている場景と義平兄の話に描かれた場面との食い違いに気づき、はっとして父の方を振り向いた。

義平兄が言ったような立ち木など、その辺りにはただの一本も見当たらないのだ。そこは、笹の葉が摘み取られないままに茂っており、義平兄が這って逃げた際にできたとみられる跡や、熊が撃たれて落ちた際に土がわずかに掘り返されたところも確認することはできたが、どこをどう見ても現実にその立ち木はなく、立ち木があった跡もまた見出せなかった。

あの巨熊《おおくま》は存在するものを見ずに自滅し、義平兄は存在せざるものを見て自らを

救ったということなのであろうか。父にそのことを話すと、

「なーに、義平の奴、眼鏡をしていなかったので、あの遠くの大木が細くなってすぐ目の前に見えたんだよ。……それとも、山の神様が立ち木を見せて、早く横に躱《たい》をかわすように仕向けてくだすったかな」

父は口の中でつぶやくように、そう言った。

7　窮地脱出

季節が巡って、その年も秋風の立つ頃となり、近くの山々はもう椎茸が生える時季を迎えていた。そんなある日のこと、早目に帳簿の記帳を済ませた私は、一斗入りの袋を持って三号の窯の後ろから山に入り、大峰をめざして斜面を登っていった。途中、倒木に出ている椎茸を採りながら峰伝いに進み、右に分岐する獣道を通って中峰へ下りていった。中峰には一本のナラの切り株がある。その木は、伸びの良

さと太さにのみ目をつけた木を知らぬ人が盗伐をしようとして切り倒したもので、芯腐れであることが判って、そのまま斜面に放置してあった。その木の枝の方に、ぼつぼつ椎茸が出始めているはずであった。

中峰に着き、切り株の傍らから右側の斜面へ、浮き上がっている幹に添って下りていった。枝の方に回ると、細枝や枝の付け根にまで、まだ開ききっていない椎茸がたくさん発生していた。

袋を地面に置いて採り始め、一カ所に集めた茸は五、六十個もあったろうか、一息ついてから袋の口をあけて茸を入れていった。大半の茸が袋に収まり、残った少しばかりの茸を入れようとして、ふっと異様な気配を覚え、顔を上げた。倒木の枝と小柴の込みあった隙間から、チラッと動くものが見えた。中峰の切り株あたりに目を移したとき――〝熊だ〟――一瞬、頭の血が引いたようになり、体が固くなった。見るからに大きな熊が、中峰の切り株に両前足を掛けて立ち上がり、右斜面に立つナラの大木を見上げていた。

咄嗟に姿勢を低くして倒木の陰に身をひそめ、風向きを調べた。幸いにも、微風が峰から下へ吹きおろしている。風下にいる私の臭いは熊には届かないはずだ。

私は、入れ残した椎茸をそのままにして袋の口を引きしぼり、左腰のバンドにしっかり結《ゆ》わえつけると、状況に応じていつでも這い出すばかりに態勢をととのえ、二十数メートル上の中峰にいる熊の動きを見守った。

熊は相変らず切り株に前足を掛けたまま、ナラの木を見上げて高鼻を使っている。ドングリの匂いでも嗅いでいるのだろう。

中峰は、先刻上ってきた大峰のなだらかに小高くなったところで右に岐《わか》れ、高度を下げながら咲梅川の岸まで伸びている。その左斜面は礦区の沢へ落ち込んでいて、傾斜がきつい。右側の緩斜面は雑木と針葉樹の混生林で、山裾の笹藪を抜ければ広い畑を経て咲梅の農道へ行きつく。

地面に身を伏せつつ、私はその農道に至るまでのルートを頭に描いていた。右の緩斜面は熊にとっても見通しがよく、気づかれずにまっすぐ下れるとは思えない。熊の動きに合わせて斜面を横に這い、熊の視野の外に出るしか、この窮地を脱する途《みち》はなさそうだった。

切り株から中峰を二十メートルあまり下ったところから、トドマツの密生した林が続いていた。その林は丈が四メートル近くあり、枝が寸分の隙間もないほど絡み合っているが、中峰伝いにだけは熊やシカが永い年月のうちに造り上げた獣道があり、それが小さなトンネルのようになって下へ延びていた。

〝なんとかして、あのトドマツのトンネルに潜り込みたいものだな〟と思いながら、横目でその入口を見た、と同時に、熊が動いた。切り株に掛けていた前足を下ろし、トンネルの方に向かって足を踏み出した。と、すぐさま後ろを振り返り、逆に上へ向きを変えて中峰を歩きだした。熊は、ゆっくりと歩いて左手の斜面に降り、いったんナラの木を見上げてから、その下へ向かった。

それを目の端に捉えながら、私は熊の動きに合わせて斜面を静かに這った。ここから熊のいるところまでは約二十メートル。ささいな物音や気配でもすぐに感づかれてしまう距離だ。だが、地面に散り敷いた落葉は昨夜の雨で湿っていて、少し動いたくらいでは音を立てなかった。

熊は緩斜面を斜め下に進み、ナラの木の太い根方に寄った。私は這った。中峰のトドマツのトンネルを目指して静かに這った。

熊は、下に落ちているドングリを探して歩き回っている。その小間切れの隙《すき》をついて斜め上へ這ってゆくのだが、すぐそこに見える中峰がひどく遠く感じられ、なかなか手が届かない。しかも、山肌に浮き上がった倒木とその枝、そしてその辺りに生えている小柴の一叢《むら》だけが、私と熊との間にあるわずかな遮蔽物であった。トドマツのトンネルの入口まで、あと十メートルほどに迫った。しかし立って走り込むには、まだ間がありすぎた。

熊は、なおもナラの根方を回りながらドングリの拾い喰いを続けている。私はその動作を小枝と小柴の間から透かし見ながら、じりじりと中峰へ這い進んだ。突然、熊が動きを止め、頭をもたげてこちらへ顔を向けた。〝しまった、感づかれたか〟――思わず立ち上がろうとしたとき、何事もなかったかのように、熊はまたドングリを探し始めた。ほっと一息つきながらも、ぞくっとするような寒気が背筋を走り、胸がいっそう高鳴った。

その場にじっと身を伏せていると、熊はナラの根元に寄って後足で立ち上がり、今度はその木に登りだした。それを見ながら、私は中峰に迫った。〝もう少しだ、あわてるなよ〟と、自分に言い聞かせつつ這い上っていった。太い一の枝に上った熊がその枝を揺すった。バラバラと音を立ててドングリが地面に落ちた。それから後足で一の枝に立ち、すぐ上の枝に前足を掛けて力まかせに揺すった。バラバラと、またドングリの落ちる音がした。そのとき、やっと私の伸ばした右手が中峰に届いた。だが、私はそこで動きを停めた。枝の上の熊は背をこちらに向けてはいるが、もし気配を感じて振り返ったなら、あの一の枝とこちらの間には何一つ遮蔽物がないのだから、まともに私の姿を目にするだろう。

枝の上で向きを変えた熊が、幹を滑り降りて途中からポーンと一気に跳び下りた。一瞬、視野から熊の姿が消えた。身をひるがえした私は頭から先にトドマツのトンネルに飛び込み、立ち上がるやその獣道を駈けた。後ろも見ずに中峰を駈け下りた。そして峰の中途で右の斜面へ駈け下り、山裾の畑の縁から咲梅の農道に走り出た。

家に戻った私は、採ってきた椎茸を黙って母に手渡すと、早速、銃と弾の点検にとりかかった。ケース脹れで銃が操作不能になったという大友老人の話を聞かされて以来、私は古いケースには実弾を詰めないようにしていたが、それまで実弾を詰めて長く使っていたケースはすべて、この際、新しいものと取り替え、脹れたケースは矯正器で直してから散弾を詰めた。

次の日、私は朝早く家を出た。弾帯には十発の実弾と十五発の散弾を挿し、銃はいつも使用しているグリナーの二十四番を持った。

この朝私が山に出掛けるのを察知していたらしく、ノンコとチョコの二頭の犬が外で待ち構えていた。あとの三頭は山へ遊びに行ったのか、その辺には姿が見えなかった。

チョコは、家で飼っている五頭の犬のうちただ一頭の牝犬であるが、どうしたことか一度も発情をしたことがなく、四歳になる現在でもまだ一度も仔を産んだことがない。父犬も母犬も純粋のアイヌ犬で、父犬のテツは浦河七郎、八郎の兄弟に飼われていた獣猟犬であった。その仔であるチョコは、牝犬ではあったが、こと熊にかけては、ひときわ激しい攻撃を仕掛ける犬だった。

二頭の犬を連れて山に向かった私は、三号の沢を上流に遡っていった。まもなく右手の山裾に三号の窯が見えてきた。藤島夫婦と娘の松江が、道路の左側の炭出し小屋で木炭の俵詰めをしていた。

「おはよう」

と声を掛けると、

「帳場さん、こんなに早くから山回りですか」

と藤島が少し驚いたような顔をして言った。私はその問いに頷いて、そこを通り過ぎた。

やがて、三号の沢は左右二股に分かれ、右の支流に沿って少し行くと、二号の窯があり、そこでは畠山の一家が働いていた。私は彼らに一声掛けただけで通り過ぎ、沢伝いに上ってその詰めに近いところから右側の斜面に足をかけた。この斜面を上りきったところが大峰の、中峰との分岐点となる。

峰を目指してしばらく上ってゆくと、徐々になだらかな地形となって、中峰への降り口が近づいた。だが、胸裡にはなぜともなく不安が芽生え、中峰が近づくにつれて高まっていった。いつもなら自分の傍らにいて何かと助言してくれる父がいないせいなのか、それとも、たった一人で熊と対決することへの懸念が意志を鈍らせているのか――。その不安の由《よ》ってきたるところを自分ではつかめぬままに、あのナラの切り株を見下ろす中峰の降り口にやってきた。犬たちは先行したまま、どこへ行ったのか、姿が見えなくなっていた。

ちょうどその降り口の左に、カエデの大木が立っていて、待ち場としては打ってつけの位置と思われ、私はただちにその木に上った。それから腰鉈で枝を払って見通しをよくし、枝の付け根に横木を細引きで固定して坐り場所をつくり、やっと落ち着くことができた。

しかし、それが長い忍従の一日の始まりになろうとは、思いもよらなかった。待ち場で熊を待ち伏せすることの辛さは幾度となく聞いていたが、それを聞いて知るのと自ら体験して知るのとでは、はなはだしい隔りがあった。

その日、待ち場に上った私の頭の中には、こんなイメージがこびりついていた——大峰から中峰へ至る左斜面の根曲り竹の藪の中には熊の寝床があって、その近くには彼の排泄した糞が山と積もり、そこを根城にして、熊はあちらこちらと徘徊している——。昨日、音もなく現われた大熊は、遠くから来たものではなく、この眼下の根曲り竹の藪から出てきたのであり、今日はそれほど待たなくとも、ドングリを喰いにまた現われる、と私は思い込んでいた。こんな先入観、あるいは熊の習性についての無知が、私に辛苦の一日を強いたのであった。

東の空がうっすらと暮れかかる頃、あの大熊がついに姿を見せなかったことに何故かホッとして、私はカエデの木からおりた。そして切り株のところから右斜面へ降り、昨日採り残した椎茸を集めて弁当風呂敷に包むと、それを腰に下げて中峰に上り、峰伝いに三号の窯へ向かって帰路についた。

翌日午後になって、問屋回りに出ていた父が、各種の散弾と黒色火薬とを大量に買い入れて帰宅した。それらの始末をした後、私は一昨日からの出来事を父に詳しく報告した。父は小さく頷きながら聞いていたが、私の話が終わると、じっとこちらを見据えて語りだした。

「あの辺りは、おそらく熊の通り道だろうよ。寝床はもっと山奥だと思うぞ。お前が出会った熊は、通りすがりだったんだろう、たまたまそこにドングリがあったので喰いに寄ったんだと思うな。それにな、熊などを待ち伏せするときは、餌を使うものだぞ。ドングリのような自然の食料は、めったに当てにならないからだよ。それから、これも覚えておけよ、熊が自分の縄張りを回って歩く周期は、四、五日から一週間くらいだと言われているんだ。そんな訳だから、次の日あたり行っても、来るはずがないんだよ」

そう言って父は少し間をおき、言葉を継いだ。

「お前はまだ、一人で熊と対決するには早すぎると思うぞ。もっと、もっと経験をつんで熊の習性をよっく頭に入れることだな」

8　猟犬、帰らず

この秋には、藤島の娘・松江が椎茸を採りに山に入って大きな熊に出くわし、恐ろしさのあまり木に上っていたところへ偶然私が通りかかって救けだす、という一幕があったほか、秋から冬の半ばにかけては、二号の窯から三号の窯の近辺に、しばしば大熊が姿を見せ、そのつど父や私が銃を持って駈けつけたが、熊は私たちの追跡をたくみに逃がれて、どこかで冬ごもりに入ってしまったものと思われた。山は雪をまとって眠りにつき、人もまた静謐な日々の営みに明け暮れ、こうして昭和十一年の春を迎えようとしていた。

私は二十歳となり、山元の仕事は父の在否にかかわらずすべて一人で切り回し、父も安心して外交に出歩くようになっていた。

雪どけの訪れとともに山々に日一日と春の息吹が満ち満ちて、猟期も終わりに近づいた四月のある日、朝から父と一緒にヤマドリ（蝦夷雷鳥）を撃ちに出かけた。久し振りに咲梅の沢を奥へ向かい、礦区の沢の真向かいに流れ込む枝沢（通称・小田切の沢）へと歩を進めた。

小田切の沢という名は、この沢に小田切姓の一家が入山して木炭を焼いていたことに由《よ》るもので、山に関係のあった人たちにしか通用しない呼名であった。その小田切一家は六年前にそこから転出し、今ではこの小沢を訪れる人もなく、昔の径《みち》は雑草の中に埋もれていた。だが、その沢の流れはヤマベ（ヤマメ）の魚影が濃く、釣り好きの私はしばしばここへ足を運んでいた。

その日父と私は、まだ沢筋に残る固雪を踏んで小田切の沢を上流へ向かい、ところどころで立ち止まっては呼び笛《こ》を吹いた。呼び笛の音が山襞へ流れ、それに応えるヤマドリの声が耳を掠めた。

ブルッ、ブルブルッと重い羽音をたててヤマドリが飛来し、すぐ頭の上の枝に止まった。そして大きく胸を張って、ピーッ、ピピーッ、ピピッ、ピピッ、ピッと、甲《かん》高い声で鳴いた。それは、目の縁が赤く首の下に黒毛の生えている牡《おす》ヤマドリだ。すると、その鳴き声に応えて、ピーッ、ピーッ、ピピッ、ピッと少し低い、くぐもるような鳴き声がして、まぎれもない牝《めす》ヤマドリが飛んできた。

今はちょうどヤマドリの繁殖期が始まったところ。いたるところに巣造りにとりかかった牡と牝の番《つがい》がいて、呼び笛を吹きさえすれば、どこからともなくそれに応える鳴き声が上がり、ヤマドリのほうからこちらへ飛んでくるのである。

父は、ヤマドリが一番《ひとつがい》でいるときは必ず牝から先に撃つことにしていた。それは、牝を先に撃ち落としても、牡はその近くの木に飛び移りはするものの、遠くには飛び去らないものだからである。反対に牡を先に撃つと、牝はそれこそ一直線に遠くへ飛んでいってしまう。私も何度かそんなことを経験していたので、この頃は、父のように牡牝を見分けて撃つようになっていた。

こうして二人はヤマドリを求めて小田切の沢を上り詰め、咲梅川と梟舞川本流の間の峰伝いに左へ進路をとった。〈大橋が住んでいた沢の詰めを回り、最終的には、伊藤の叔父が住んでいた沢を下って咲梅川本流に出てから帰宅する〉というのが、この日父がたてた予定であった。

私たちについてきた犬は、ノンコ、四郎、チョコ、そして伊藤の家で飼われているアンコの四頭であった。犬たちは二人の先になり後になりして峰まではついてきたが、いつものように、どこかへ姿を消した。

日当りの良いところでは雪がすっかり解けて、落葉でくすんだ山肌もところどころ芽吹きの淡い青味を帯び始めている。だが、北向きの斜面や日陰の多いところにはまだ残雪があり、昼近くまでなら固雪となっているので、その上を走って通れるほどである。

昼少し前、二人は、かつて藤田の山が盛んな折りに伊藤の叔父が木炭を焼いていた沢の源流に来ていた。

「保、ここで飯にするか。ヤマドリも二十羽くらいはあるべよ。飯がすんだら、この沢を下って、あとはどこにも寄らずに帰ることにするぞ」

と父が言った。

「はい」

と返事をして、私はヤマドリの入った袋をその場におろし、腰に下げていたお握りの包みを開いた。乾いた寝木に腰かけて昼食をとり、それから、二等分したヤマドリを各々の袋に入れていると、沢の下の方で激しく吠える犬の声がした。なにか獲物を見つけた犬たちが、その取り合いでもしているのかと思ったが、すぐ、それが違うことに気づいた。

もしかしてヤマウサギなどを捕ったとしても、一番先に口をつけるのはノンコで、次は四郎、チョコと決まっており、一番若いアンコは余ったところを片づける、という序列なのだから、獲物を中にしてあの犬たちが争いをするはずはない。

「保よ、ひょっとすると、熊が穴から出たかもしれないぞ。早く袋を背負って鉄砲に実弾を込めろ」

そう言うが早いか、父は即座に支度をととのえて歩きだした。私も言われた通りに支度して父の後を追った。

沢を下るにつれて雪は深くなり、しかもそれまで固雪であったものが解け始めたため、時おりズボリと泥濘《ぬか》ってしまい、たっぷりと水気を含んだ雪でコール天の乗馬ズボンが膝までずぶ濡れになってしまった。

その雪の表面に、すでに残雪の失《う》せた右側の斜面から下ってきた熊の足跡が点々と付いていた。熊は、固さを留めていた雪の上を歩いたのであろう、足跡には深く泥濘ったところは見出せなかった。そして雪の表面にはさらに、熊の足跡を辿って走っていった犬の足跡も、幾筋か付いていた。

激しく吠える犬の声は、かしましいほどに聞こえてくるが、現場はもっと下《しも》のようだ。足の冷たさを堪えていた二人は、右に進路を変えて雪のない斜面に取り付き、急斜面に足をとられながらも走るようにして沢を下った。やがて、沢の中から雪が見えなくなり、山裾に、炭木《すみぎ》を曳き出すためにつけた径の跡が現われた。急斜面からその径に降り、ところどころに穴ぼこのできた足下《もと》を選びながら、私たちはなおも下っていった。

犬たちはすぐ間近で吠えていたが、それはどうやら右から入り込んでいる小沢の辺りと見受けられた。その小沢は、入口は狭いが、少し入ったところに広々とした湿地帯を形成しており、湿地帯はクマウバユリの自生地となっていた。

入口から湿地帯に足を踏み入れると、犬の声は上手《かみて》の、沢筋を左に曲がったカーブの辺りから聞こえてくるものと思われた。

湿地の山裾に背負い袋を下ろして身軽になった二人は、一歩一歩、前方を確かめるようにして、そのカーブを回っていった。

〝いたっ〟。曲がり角から二十メートルほど先の左の山裾に、古いカツラの大木の切り株を背にして一頭の熊が坐り込み、前足を大きく振り上げて、激しく吠えかかる犬に対抗していた。熊としてはそれほど大きなものではなく、四、五歳の若熊と思われた。

その辺りは沢が開けていて、犬が攻撃を仕掛けるのに充分の広さがあり、右から左から代わる代わる熊に攻めかかる犬たちの動きに、私たちはしばし目をみはっていた。

一帯の山は炭木を切った跡で、熊が上れるような立ち木はない。追いつめられた熊は、やむなくカツラの切り株を背に坐り込んだものと見受けられた。だが、攻撃する犬にしてみれば、それはきわめて都合の悪いことであった。犬は、常に熊の背後から攻めかかり後足に噛みつくのを最も得意な戦法にしているが、このように後ろ楯を取って坐り込まれては、前か横から攻めるしか手立てはない。

横から攻めては前へ回りつつ、四頭の犬は交互にめまぐるしく攻め立てていった。熊は、犬たちに気をとられているらしい、私たちが接近しているのに気づかぬまま、ひたすら前足を振って犬を追い払うのに躍起となっている。

父が銃を持ってゆっくりと右の斜面に登ってゆき、私は左の斜面に上がった。そのとき、私たちの動きに気づいたアンコが一段と猛《たけ》り立って攻撃に出た。左側から激しく攻める四郎に手こずっていた熊は、右の脇腹を攻めにかかったアンコには振り向くいとまもなく、ただ大きく右の前足を振った。その前足がさっと跳び退《の》いたアンコの頭を引っ掻いた。その場をしりぞいたアンコは、くるくるとせわしなく回っていたが、突然、頭を激しく振り、声もたてずに飛び跳ねながら、狂ったように走りだし、後ろを振り返りもせず、一散に斜面を駈け上がって、山の奥へ消えてしまった。

今度は正面からチョコが、左からは四郎が、そして右からはアンコに代わってノンコが攻めかかった。襲っては離れ、離れてはまた襲いかかる犬たちの攻勢をひとまず回避しようというのか、熊は急に身をひるがえし、一瞬後、背後の切り株に上った。こうなれば、弾が犬に当たるのを気遣って射撃を手控える必要はない。父は即座に銃を構え、引き金をひいた。

倒れ臥した熊の四足を縄で縛り、棒を通して肩を入れてみると、それは二人でどうやら担げそうな重さであった。途中で何度も小休止をとりながら、一里あまりの道を松本さんの家まで運び、そこで馬車を仕立ててもらって家まで搬送した。すでに暗くなっていたので、解体は明朝から行なうことになった。

その夜遅くまで、私たちはアンコの帰りを待っていた。だが、深夜になってもアンコは戻ってこなかった。

次の日は朝早くから熊の解体とヤマドリの処理が始まったが、私はそれを皆にまかせて、アンコを捜しに昨日の沢へ出かけることにし、銃を背に家を出た。一人よりも二人のほうが広く捜せるであろうというわけで、従姉妹《いとこ》のフミが私についてきた。

アンコは、フミがたいそう可愛がって育てた犬であった。捜しにいくならどうしても自分を連れていって、とフミは自ら申し出た。父も叔父もフミの心情を酌み、

「一人よりも二人のほうが……」と言い添えて、同行を認めたのである。

フミは伊藤の叔父の娘で、姉の友ちゃんはその頃、私の長兄の嫁となって浦河の方に行っており、この山にはいなかった。フミは私よりも早生れの同じ年齢で、小学校も三年生のときから同級生であり、従姉妹《いとこ》というより兄妹のような間柄であった。そのフミが慈《いつく》しんで育てたアンコが戻ってこないとあっては、私自身いたたまれなかったし、フミもまた淋しさに打ちひしがれていたに相違ない。自分も捜しにいきたいとフミが言ったとき、私はその言葉を胸が痛むような思いで聞き留めていた。

私はフミを連れて、昨日熊を担いで下った咲梅川沿いの道を辿り、かつてフミた

ちが住んでいた枝沢めざして歩を進めた。そして、今はもう雑草だらけの住居跡や窯跡を過ぎ、熊を撃った件《くだん》の小沢に着いた。

今日はノンコと四郎、チョコの三頭の犬がついてきて、後になったり先になったりしていたが、この小沢の入口にきたとたん、昨日の臭いがまだ残っているのか、沢の奥へと先行して駈けだした。

「フミ、ここからはアンコの走り去った方へ行くからな。ほら、あのカツラの根っ子のところから山に向かって走り上っていったんだから、今日はその跡を伝っていってみるぞ」

私の言葉に小さく頷くフミをうながして、切り株の横から左の斜面に上り、アンコの走った跡を探しながら大峰に向かって登りだした。

そこは確かに、アンコが走り去った径路と思われた。湿った落葉がところどころ捲《めく》れているし、赤い血がぽつりと落ちているところもあった。この血がアンコのものだとすれば、どこかに裂傷を負っているはずだ。私は犬を呼んでその臭いをとらせた。犬たちは意を体して山肌へ散っていった。

二人は峰からヒラへと下り、別の小沢へも足を向け、辺り一帯をくまなく探索した。だが、アンコの行方は杳《よう》として知れなかった。

いたずらに時間ばかりが経って、小田切の沢のカッチ（詰め）を回ったときには、とうに昼を過ぎていた。その辺りの陽当りのよい斜面に坐って、二人は遅い昼飯をとることにした。

ここまで距離的にはかなり歩き、広い範囲を捜してきたが、初めのうちこそ僅かに見出されたアンコの足跡も、いつのまにか見失い、どうにかして手掛かりだけでも摑もうと目を皿にして歩き回ったものの、すべては徒労に終わった。三頭の犬も、どこへ行ったものか、近辺にはまったくいる気配がなかった。

昼食をすませたフミと私は、そこから小田切の沢へ下って沢沿いや左岸のヒラを捜した後、陽が落ちて薄暗くなった径をたどり、帰途についた。

帰宅するとすぐ、私は妹の実子と敏子の二人に付き添って、川上まで出かけた。用事が済んで家の近くまで戻ってきたとき、暗い道の真ん中に、ぼんやりと何か白っぽいものがうずくまっているのが見えた。

「兄ちゃん、何かいる、あっ動いた」

と言って、二人の妹が左右から私にしがみついた。すると、その白っぽいものはこちらへ近づいてきて、私の足元に体をすりよせた。それが、今日一日あれほど捜し回っても見つからなかったアンコであることは、すぐに判った。

「アンコ！　お前、どこにいってたんだ、今日はフミと二人で一日中、捜したんだぞ」

と声を掛けながら、軽く頭を叩いてやった。クーンと消え入りそうな声でアンコが鳴いた。

アンコの頭に手が触れたとき、何か液状のものにさわったような気がした。すぐに家に連れ帰って灯の下で見ると、真っ赤な血が手にべっとりとついていた。そしてアンコの頭は、耳の付け根から鼻柱にかけてザックリと割れて肉がはじけたように盛り上がっており、そこから相当多量の出血があったものと見受けられた。

思えばあのとき、父と私の姿を認めて一段と激しく攻めかかったアンコだったが、熊の振るった前足の鋭い爪を、もろに頭に受けてしまったのである。これほどの深手を負わされては、狂ったように走り去るのも無理からぬことであったろう。

傷薬を塗って手当てをしてやり、それから私はアンコを背にしっかりとおんぶして、伊藤の、フミのところへ連れていった。

庭の片隅に寝床を作り、そっと寝かせてから、叔母とフミがつくった餌を与えてみた。アンコはピチャピチャと舌で少し舐めただけであった。

そして翌日、薬を持ってもう一度手当てをしてやるつもりで行った私の手や、叔母やフミの手を舐めていたアンコは、昼近くになって、キューンと一声、細い声で鳴きながら、ついに息を引きとってしまった。

9 対決

北の春はまたたくまに過ぎ、その跡を襲うように夏がやってきた。毎年この時季になると、私たちは父と母を中心に親戚の者を加えて数名で、染退川《シベチャリ》（現在の静内川の旧称）のメナシベツ（東の川）を訪れ、二十日間ほどそこの山小屋に寝泊りしてキャンプ生活や渓流釣りを心ゆくまで楽しんだものであった。

その年も六月末から七月の下旬までメナシベツで過ごし、焼き干した沢山のヤマべ（ヤマメ）を背負って帰途についた。ところが、家に戻ってみると、愛馬・開運号が急な病いで倒れていた。獣医に診てもらい、手当てもしてもらったのだが、すでに高齢であったためか、開運号はそれから間もなく不帰の客となった。

永い間よく働いてくれた馬であった。家族の話し合いで、いつでも立ち寄って花を供えられるよう墓は家に近いところがいいだろう、ということになり、二百メートルほど離れた三号の沢の入口近くの山裾に、大きな穴を掘って亡き骸を埋め、手厚く葬ってやった。

それは、埋葬してから三日目の朝のことであった。塩や水を持って行ってみると、墓が掘り返され、開運号の下腹のあたりが無残にも喰い破られていた。掘り出された土の上に、大きな熊の足跡が印《しる》されていた。

その足跡を目にしたとき、私は、去年の秋に椎茸採りに行って出会った熊や、松江が見たという熊、そしてその後幾度か二号の窯から三号の窯の辺りに姿を見せていた熊のことを思い出し、はっと息を呑んだ。それらは別々の熊ではなく、まさにこの大きな足跡を残した一頭の熊に違いない。その直感が確信に近いものとなるにつれ、全身に熱いものが滾《たぎ》り、力がみなぎってくるのを覚えた。

掘り返された穴をそのままにして、私はいったん家に戻り、鉈や鋸を用意してそこに引き返し、穴から十メートルほど離れた平地に立つ、やや太目のクチグロの木に登った。その木は、三の枝から上は車枝が四方に張り出していて、少し手を入れただけで恰好の待ち場ができ上がった。

私はさらに邪魔な下枝や小枝を鉈で払い落とし、弾道の見通しをよくしてから家に帰った。そして日が暮れるのを待った。

父は昨日の朝から、函館、札幌、小樽、苫小牧などの木炭問屋を回ってくると言って出かけていった。あと三日は、帰ってこないだろう。

熊は必ず、また亡き骸を喰いにくる。今夜、必ず。撃つとすれば、その機を逸してはならない——。夜の待ち場に上るのは初めてで、言いようのない不安が胸を浸していたが、私は今夜こそ一対一で熊と対決をしようと臍《ほぞ》を固めた。

夕暮れとともに支度をして、外に出た。曇り空の一角に残照が仄見えているが、陽はとうに山陰に沈み、クチグロの木のある山裾には早くも宵闇が迫っていた。私は素早く待ち場に上ると、水を入れたビンや握り飯の包みを傍らの枝に吊るし、足場をしっかりと定め、坐る場所を楽にして、すべての準備をととのえた。銃は、使い馴れたグリナーの二十四番ではなく、ウインチェスター四〇一のライフル自動五連銃を持ち込んだ。このライフル銃は、重量が六キログラムもあって、ずっしりと重いが、それだけに発射反動は少なく、連射時の銃身のブレもないので、命中率が高い。この自重の重さと、入弾孔の小さいのに比して出弾孔のあまりにも大きいことの二点を除けば、それはきわめて強力な、申し分のない銃であった。

やがて日はとっぷりと暮れ、山際の雑木林に夜のとばりが下りた。見上げる空には星ひとつなく、見下ろす地上は、ほんの十メートル先の穴がまったく見えぬほどに漆黒の闇に覆われた。

山裾に滞る空気が湿りをおびてきた。暗い夜空から今にも一雨きそうな気配が漂っている。〝雨が降るようなら、引きあげよう。でも、家が近いから降りだしてからでも遅くはないか〟などと思いわずらううち、今度は尻が痛くなってきた。

待ち場に上ったのは去年の秋以来、二度目であった。覚悟は、むろんできていた。だが周りの見えない夜の待ち場は、昼日中のそれとはまるで違っていた。

とにかく、体を少しでも動かして音をたてたら、せっかく熊が近よってきても気づかれてしまう。そう思うと、よけい緊張が高まり、ひとりでに体が固くなってしまうのだ。

時間の経過がひどく鈍《のろ》く感じられ、やっと夜半も過ぎたと思われる頃から、少し風が出始めた。周《まわ》りの木の葉がサワサワと揺れ、夜空に厚く垂れこめていた雲が動きだした。黒い雲の群れが次々と流れてゆき、時おり雲の切れ間から星のまたたきが見られたが、その明りは地上を照らすまでに至らず、穴の辺りはなおも暗闇に閉ざされていた。

風が低く鳴って、木の葉がささめいている。耳に入るのは、そんな微かな音だけだ。私はクチグロの幹に背をもたせかけ、穴に近よる熊の足音を聞きわけようと全神経を耳に集中し、目をつぶっていた。そうしていつの間にか、辺りが明るくなっていて、私はどこか見たことのない林の中を歩いていた。その見馴れぬ林の中は、重苦しい気配に満ち、私は胸を圧迫されるような息苦しさに苛《さいな》まれていた。〝早くこの林から抜け出さなければ〟――不安に追われるように歩きつづけた。藪を掻き分けて歩いていった。前方に明るいところが見え、そこへ向かって一心に足を運んだ。ふいに、前方の明るみの中から一頭の大きな熊が現れた。熊は、じっとこちらを見ている。私は傍らの立ち木に身をよせ、さっと背中に手を回した。〝ない〟背負っていた銃がない。〝変だ。確かに持ってきたはずなのに、どうしたことか〟私はうろたえてしまった。どうやら、熊は徐々にこちらに近づいてくる。〝今きた方へ戻らなければ〟と思って逃げようとした。だが、足はまったく動かなかった。〝どうしよう、このままだと俺は熊にやられてしまう〟焦燥にかられて、私は重い足をむりやり動かそうとした。そのとき、熊は目前に迫り、胸が張り裂けるほど苦しくなって、その苦しさを吐きだすように、「ウワーッ」と大声で叫んだ。

その声が耳に入り、はっとして立ち上がろうとして、あやうく待ち場から落ちそうになった。見渡すと、夜はうっすらと明けそめており、穴の方に目を移した瞬間、私は思わず「あっ」と声をもらした。山裾から上の斜面へ、一頭の大熊が駈け上がってゆき、たちまち姿が見えなくなった。

〝しまった、来ていたのか。俺のねぼけ声で、走らせてしまったか〟と悔やんでも、もはや後の祭りであった。私は待ち場に坐ったまま、しばし呆然と熊が走り去った斜面を眺めていた。

長いこと苦しみに耐え、体の痛みをこらえてきたのに、不覚にも睡魔との戦いにやぶれ、みすみす好機を逸してしまったのだ。辺りが明るくなるにつれて、やりきれなさ、惨めさはいやましたが、私は気をとりなおして待ち場を下り、穴のところへ行ってみた。

開運号の腹の破れはさらに大きくなっていた。熊が真っ先に手をつけたのであろう、内臓が大量に引っ張り出され、少し異臭を放っている。熊はしかし、この内臓の一部を喰い始めたばかりだ。夜になれば、きっとまた喰いにくる——。

私は亡き骸をそのままにしてその場を離れ、家に戻った。そして午前中に用事を済ませると、銃を念入りに点検し、午後は早々に蒲団に入った。

夕刻、昨日と同じく未だ明るみの残るうちに待ち場に上った私は、まず坐るところに横木を補充し、それから持参した麻袋《またい》を重ねて敷き、坐り心地をよくして日暮れを待った。

日没時にはあちこちに群雲《むらくも》が漂っていた夜空も、よふけにはすっかり晴れ上がり、満天に散りばめた星々の明りが地上にふりそそいで、穴の辺りもかすかに目視できる暗さであった。昼過ぎから夕方までたっぷり眠ったせいか、今夜は睡魔に襲われることなく、時はすみやかに過ぎていった。

明け方は近いと思われたとき、静まりかえった夜気をついて、何かが近づいてくる異様な気配がした。〝来たな〟そっと手にしたウインチェスターのライフル銃を、安全装置を押し戻して膝の上に置いた。

ボキッと、枯枝を踏み折ったような鈍い音がした。間違いなく、近づきつつあるものがいる。私は耳をそばだてて、さらに気配を窺った。しかし、それっきりどんな物音も聞こえなくなり、自分の胸の高鳴りだけが耳についた。

全身がぼーっと熱を帯びたかのように火照っていた。今まで何度か熊を撃ったことはあったが、そのときはいつも傍らに父がいた。父の指示に従って、迷わず撃つことができた。だが、今はすべてを自分一人でやらなければならない。やり遂げなければならない。

両眼をしっかりと見開いて、穴の周辺に目を凝らした。暗闇の中で何かが揺れ、山裾の一角が黒っぽくかすんで見えた。〝来たか。あれが熊か〟私は一度目をつぶり、そうしてゆっくりと瞼を開いた。〝見えた〟穴の中に頭を突き入れ、音も立てずにおそらく内臓を貪り喰っているのであろう熊の姿が浮かび上がった。

そっと持ち上げたライフルの銃床を肩に付け、黒い姿の真ん中に狙いを定めた。カーンと、無煙火薬特有の乾いた音が未明のしじまを切り裂き、一瞬後、熊が声も上げずに走り去った。

確かに弾が当たった手応えはあった。だが、待ち場を下りて跡を追うには暗すぎるし、熊が完全に死んでいるという確信もなかった。私は、夜が明けそめるまでの一時間あまりを、木の上でじりじりしながら待った。

空に青味がさし、この暗い山裾の林にもようやく朝の兆《きざ》しが見えてきた。木々の枝葉がその彩りと輪郭を取り戻した頃、私は待ち場を片づけてから木を下り、家に戻って犬の綱をほどいてやった。五頭の犬は先を争って駈けていった。まるで、自分たちの行き先をすでに知っているかのような走り方であった。

犬たちも、いつもと様子が違っているのを感じていたことであろう。日頃は放し飼いにされているのに、ここ二日間は繋がれてばかりいたし、今朝の明け方近くには、聞きおぼえのある銃声を耳にしていた。

私がライフル銃を手に林に足を踏み入れると、すぐにボス犬のノンコと四郎が迎えにきた。上の方で他の犬たちが激しく吠えていた。

そこは、開運号を埋めた穴から斜面を少し上ったトドマツ林の中で、この辺りではそこだけが平らになっている。熊はその平地《ひら》の真ん中に倒れていて、すでに息絶えていた。弾丸は、左の肩のすぐ下から入り、右の足の付け根の骨を砕いて大きな貫通孔をあけていた。内臓の急所にも、致命的な損傷を与えたものと見受けられた。

この、頭から背にかけての毛並みが明るい黄金色に光る大きな牡の羆は、私が誰の手も借りずたった一人で撃ちとった、最初にして最後の獲物となった。

III アイヌの猟師

1　金毛

山の稔りが不作のときは熊は食を求めて人里に降りてくる、とは父や他の猟師たちに聞かされていたが、北海道では、そのような羆が家畜を襲ったり、人家に押し入って人を襲ったりしたことが昔からしばしばあったという。その年の秋も、日高の山ではドングリ類やブドウ、コクワ、マタタビ、アカワン、ズミ等の果実の稔りが悪く、羆たちは頻繁に里近くに姿を見せていた。

その日、アイヌ人の桐本仙造は、長年使い馴《な》れた村田銃の三十番を背に家を出た。仙造は、苛々《いらいら》して落ちつかぬ気分で歩いていった。

この秋の初め頃からたびたび姿を見せていた熊が、ついに放牧中の牛や馬を襲うようになり、一時は何人ものハンターが出動して警戒に当たったのであるが、捕捉するに至らぬまま日が経ち、日が経つにつれて一人また一人とハンターは来なくなり、とうとう誰一人来なくなったところに、またしても牛が襲われたという知らせが入ったのである。

仙造は、それは顔見知りの熊、金毛《きんけ》の仕業ではないかと思いなしていたが、一昨日《おととい》川原で見つけた熊の足跡の大きさと、この春以降は一度も金毛を見ていないこととを考え合わせ、〝あるいは別の熊かもしれないぞ。金毛より足が大きいようだからな〟とも思い始めていた。

仙造が金毛と名づけたその熊に初めて出会ったのは、今からちょうど二年前の秋のことである。その日仙造は、冬に備えて薪を切りに山へ行った。作業は順調に進み、やがて昼飯の時間となった。

ヒラから、背負子や弁当を置いてある峰に戻ってみると、弁当を包んであった風呂敷が破られ、握り飯とタクアンや焼いた塩鱒のお菜《かず》がなくなっていた。その辺りには、微かにではあるが熊の足跡が残されていた。

「畜生め、いつの間にきたんだべか。こんな近くにオラがいるのに、ちっとも音もさせねでよ」

口の中でブツブツつぶやきながら、仙造は周囲を見回した。峰伝いの木陰に、チラリとうごめく黒いものが見えた。

〝野郎め、あんなところにいやがったな〟咄嗟に体を低くした仙造は、傍らの太いミズナラの根方に身を寄せ、前方三十メートルあまりの、やはりミズナラの大木の蔭にいる熊の様子を窺った。

　この辺りの山は、まだ造材業者も製炭業者の手も入らぬ原生林で、大木が多かった。樹種はナラが主体で、カエデ、ホオ、セン、シナ、アサダ、ソネ、クチグロ、シコロ（キハダ）、アオダモなどの木のほか、沢筋にはカツラの大木や、ヤチダモ、アカダモ、オヒョウダモといった雑木が目立ち、トドマツやエゾマツの大木も山の奥深くまで繁茂していたものである。もっとも、仙造が冬仕度の薪を作るために切るのは、こんな樹木の中でも冬期の激しい凍《しば》れによって割れた木や、落雷に打たれて立ち枯れとなった木など枯損木《こそんぼく》に限られ、生木を倒して薪にすることはなかった。

　どうやら熊は、大木の蔭に坐り込んで一心に何かを食べている様子だ。〝あの野郎め、オラの昼飯横取りしやがって、うまそうに喰っているな〟と、仙造がしばらく見ていると、食べ終わった熊が大木の蔭からひょいと出て、見通しのよい峰に全身を現わした。見るからに若々しい熊であった。頭から背筋、尾にかけての毛並みは黄金色で、木の間から洩れる陽の光を受けて、それはひときわ明るく輝いて見えた。

〝ほー、こいつは立派な金毛だなや。まだ若いようだども、何歳くらいだべ。毛色だけ見ると相当年をくっているように見えるけんど、体つきはまだ若いしな〟仙造は熊の姿に惚れ惚れと見入った。峰に出た熊は、こちらに顔を向けて、まるで仙造の臭いを嗅いでいるかのように高鼻を使っていたが、やがてゆっくりと峰伝いに山の奥へ遠去かっていった。

その日から、この金毛の若熊はときどき仙造の身辺に姿を見せるようになった。あまり離れていないところに坐り込み、どうやら、仙造の握り飯を目当てにしている気配なのだ。初めのうちは用心していた仙造も、なんの危害も及ぼしそうにない金毛が可愛くなり、いつしか余分の握り飯をつくって、いつも金毛が坐り込む大木の根方に置いてくるようになった。

こうして、仙造と金毛との付き合いが始まった。猟期に入ってから仙造は、山仕事に行くときはいつも猟銃を持っていったが、近くに金毛が坐っていても、銃口を向けたことはなく、撃ってやろうと思ったことすらなかった。野生の羆と、人一倍すぐれた腕をもつ猟師との、それは奇妙な付き合いであった。

仙造は毎日のように山歩きをして、ヤマドリ（蝦夷雷鳥）、エゾヤマウサギ、エゾリス、キツネ、タヌキ、ムジナなどのほか、羆などの大型獣を撃ち、それらの毛皮を金に換えて生活の足しにしていた。

そのころ仙造は、日高の歌笛よりも少し下の、久遠の沢の奥に住んでおり、家の周囲には少しばかり田畑があった。といっても、そこではほんの自家用に供するだけの作物しかとれず、現金を手にする収入の途《みち》といえば、やっぱり猟銃か罠によって得られる毛皮が主要なものであった。なかでも羆は、毛皮のみならず、「熊の胆《い》」と称される胆嚢が高価で取り引きされていて、猟師にとっては最高の獲物であった。

当時、エゾジカとコウライキジは禁猟鳥獣に指定されていて、これらを対象にして狩りをする人は表向きはいなかった。しかし、エゾジカとコウライキジは、しばしば畑をひどく荒らした。だから保護鳥獣の名にふさわしくない有害鳥獣であるとして、農民の中には内緒で鉄砲撃ちに頼んで撃ってもらう人もいて、獲物は近隣の人たちで食べたなどという話も聞こえてきた。

十二月に入って、金毛の姿はどこにも見られなくなった。金毛はすでに、山のどこかで冬眠に入ったのであろう。おそらく春までは姿を現わすことはないと思うと、仙造は少し淋しいような気がした。それでも仙造は、自分で作ったカンジキを足に付けて、毎日のように山を歩いていた。

北海道でもこの辺りは雪の少ないところだが、それとは対照的に、凍《しば》れは激しく、地下一メートルまでの土がカチカチに凍結するところも珍しくなかった。山では極寒の頃、生の立ち木がドーンという大音響とともにザックリ割れてしまうことがたびたびあった。

そんな厳しい冬の日も、二月の終わりから三月の声を耳にする頃になると、日中の陽射しが和らいで徐々に雪解けが始まる。解けだした雪は、朝方の寒さでまた固雪となるため、この時季は午前中であればカンジキなしでも楽に山歩きができる。

昨年の冬からこの春先まで、ほとんど休まずに山歩きをした仙造は、すでに相当な枚数の毛皮を手にし、まもなく回ってくるであろう毛皮商人を待っていた。猟期が終わる四月十五日も間近になったし、そろそろ、自家用の米をつくる水田に鍬を入れなければならない。

ある日、仙造は家の裏手に足を運び、水田に水を引く用水路の水取り口を調べようとして、川が流れている山岸のほとりに行ってみた。雪解け水は、これが山奥の渓流とは思えぬほどに流れをふくらまし、ゴウゴウと荒い音をたて、岸辺を洗って水取り口に積んだ石を押し転がしていた。〝ありゃ、またこわれたか。水がひけたら直すべよ〟と思いながら家の方へ引き返そうとしたとき、仙造はふと誰かに見られているような気配を感じ、同時に、ぞくっと背筋のあたりを寒気《さむけ》が走るのを覚えた。〝熊だな〟すぐにその気配のもとを察した仙造は、川を見るような素振りで立ち止まり、上目遣いで向かいの山肌を窺った。

ようやく若草が芽生え始めた山肌にゆっくりと視線をめぐらしていった仙造は、四十メートルほど上の緩斜面にあるカツラの古い根株の下に、一頭の熊が坐り込んでじっとこちらを見ているのを目の端にとらえた。気づかぬ振りをして、さらにその熊が金毛であることを確認した仙造は、おもむろに体の向きを変えて畔道伝いに歩を進め、後ろの気配に注意を払いながら畑の縁を回って家に戻るや、大急ぎで握り飯をつくり、表に出た。

家の横から裏手に回り、足音を殺して川岸に近づき、木立ちの蔭から藪蔭を伝ってカツラの根株が窺えるところまで忍び寄り、そうっと目をおくると、〝いない〟

――いつのまにか、金毛は姿を消してしまっていた。

仙造は増水している川を飛び越えて一気にヒラを駈け上り、カツラの根方に近寄った。グルリと根株を一回りしてみると、落葉を蹴散らして走り去った足跡がそこに残されていた。

仙造はそのとき、持っていった握り飯を根株の傍らに置いて戻ってきたのだが、翌日また行ってみると、握り飯はなくなっており、その側《そば》に熊の足跡が付いていた。家の近くに金毛が来ているのが、仙造には心《しん》からうれしく思われた。

それから後も、金毛はたびたび仙造の身近に現われた。いつも、じっとこちらを見ているだけで、別段悪さを仕掛けるでもなく、作物を荒らすでもなく、一人と一頭の、それは平穏無事な交わりが続いた。

そして、いつしか秋となり、稲の刈り入れも近づいて、その年の猟期を迎えると、仙造は暇をみてはヤマドリを撃ちに出かけるようになった。それでも金毛は、日に一度か二日に一度くらいは仙造に姿を見せていた。たまに三日も姿を見せないことがあると、仙造はなんとなく気になって、金毛がいつも通る峰や、沢伝いの獣道にわざわざ足を運んだ。そこで新しい金毛の足跡を目にしただけでも、仙造は安堵して家に戻ったのである。

これまでにも、仙造は何度も獣の肉や握り飯を金毛の通り道に置いて、様子をうかがったことがあった。その餌はいつも翌日にはなくなっていたが、そのすべてを金毛が食べたとは思えなかった。なぜなら、餌の近くには金毛の足跡のほかにキツネやタヌキの足跡も付いていた。なによりも、いつもガアガアと騒ぎたてるカラスの群れが、それを喰い散らしていたに違いない。

山々が峰の上のほうから白く塗られてゆき、その年もまた冬が巡ってきた。金毛はすでに冬眠に入ったらしく、ここしばらく姿を見せていない。いつも餌を置いておく通り道にも、新らしい足跡は付いておらず、せっかくの握り飯もカラスの胃袋を満たしただけのようであった。

冷え込みのきついある日のこと、仙造は朝早く家を出て、沢伝いに山の奥へ向かった。その沢伝いの径《みち》は、獣道と似たようなものであったが、流れに添ってどこまでも続いていた。その辺りはまだ雪も浅く、カンジキを使うまでもなかったので、仙造はケット（毛布）で包《くる》んだ足にツマゴ（ワラぐつの一種）を履いただけの足拵えで、薄暗い沢間《あい》をどんどん進んでいった。

今朝の凍《しば》れは、睫毛《まつげ》がピリピリ震えるほどの厳しさである。しかし、仙造の胸はちょっとした期待でふくらんでいて、肌を突き刺すような寒気もそれほど苦にはならなかった。昨日は朝からイタチ落としとヤマウサギを捕る罠とを準備し、午後からこの沢一帯と山の左右のヒフ、そして峰伝いのところどころに仕掛けておいたので、今日はそれらを見回るため朝早く家を出てきたのである。こんなに朝早く山に入るのは、明るくなってからだと罠に掛かって死んだウサギをカラスやキツネに横取りされる恐れがあるからだった。

イタチ落としは竹筒が十個と零号トラップが十挺、計二十個所に仕掛けた。そしてウサギの罠も広範囲に二十個所ほど仕掛けておいた。罠のすべてを巡り歩くとすれば、少なくとも三時間はかかるだろう。仙造は川縁に仕掛けたイタチ落としを手始めに、急ぎ足で見て回った。

こうして全部の罠を見終わったとき、仙造の背負い袋の中には三匹の牡イタチと四羽のヤマウサギが収められていた。今年の猟は、まずは好調なすべりだしである。この好猟に気を良くした仙造は、早く帰って獲物の始末をしようと考えた。そして少し近道をすべく、ひとつ峰を越えて、原生林の切れ目に位置する崩場《がれば》に出た。

その崩場の沢には水は流れておらず、沢の最上部の詰めは断崖の絶壁となっていた。壁の前面は深く抉《えぐ》れて大小の穴が穿《うが》たれており、壁の下は、切り立った右岸の崖から崩れ落ちた岩石が、今にも転がりださんばかりに積み重なっている。そこはひどく足場の悪い急坂で、足の達者な仙造でさえ、まだ一度も踏み込んだことのないところであった。しかし、この岩石に埋もれた崩場の沢の下部は、だらだらくだりの丘沢のようになっていて、そこを降りてゆけば、水取り口のすぐ上に出ることができる。そして急坂の下に続く崩場は、これまた足場は悪いが、仙造は今まで何度かそこを通っており、仙造の足であれば、それほど苦労せずに越すことができる。

仙造は、急坂の下の方へ一歩一歩、足場を確かめながら降りてゆき、どうにか沢に辿りついたが、そこで、下《しも》の方から上ってきた熊の足跡を目にした。薄く積もった雪の上に、それはくっきりと印されていた。

最初、仙造は〝ありゃー、金毛が今ごろこんなところを歩いている〟と思ったが、よくよく調べてみると、それが違っていることに気がついた。その足跡は金毛のものよりだいぶ大きかったし、だいいち、金毛はすでに冬ごもりに入っているものと思われた。それにしても、この時季、穴にも入らずに、厳寒の冬山をさまよい歩く熊がいるとは、およそ考えられぬことであった。

今日は荷を背負っていて身動きがとれないので、仙造は、そのまま下山することにして足場の悪い崩場から丘沢へ下った。そうして家に戻って獲物の始末を済ませ、銃の手入れと弾の点検を終わらせてから、早めに寝床に入った。

翌朝早く、銃を背にして家を出た仙造は、イタチ落としやウサギの罠の見回りを後まわしにして丘沢を上り、昨日見つけた熊の足跡を追って、崩場の沢を上っていった。

昨夜は雪が降らなかったので、熊の足跡は昨日のままに残されていた。だからしばらくは、その跡を辿るのに難渋することはなかった。

沢伝いに上った熊は、さらに崩場の急坂を上り詰めて断崖の岩場に入ったように見受けられた。急坂の半ばを過ぎて断崖を見上げた仙造は、そこでハタと足を停めてしまった。そこから上へは、いかに仙造といえども用具なしではとても攀《よ》じれそうになかった。〝よくもまあ、こんなところに入っていったもんだ〟仙造は、野性のたくましさに、ただ呆れるばかりであった。

累積する岩石に行く手を阻まれ、やむなく右側の急斜面に取り付いた仙造は、立ち木の根方に足場を求めて十メートルあまりの急なヒラマエを一気に上り、上の平らなところに出てから大きく左回りに進んで断崖の上に立ち、さらに反対側の峰の斜面を下って昨日自分が歩いた急坂の下まできてみた。これでこの崩場の詰めを一回りしたことになるが、上の岩場から抜け出たと思えるような熊の足跡は、どこにも見当たらなかった。

仙造は、もう一度断崖の近くまで引き返し、そこに立つ木の幹に体を寄せて、壁面に見えている深く暗い穴状の抉れに目を注いだ。もとより、原生林のこの沢間《さわあい》に、陽の光など届きはしない。とりわけオーバーハング気味に切り立った壁の、内懐から下に位置するテラス（棚状の場所）の周辺は、いっそう暗々《くらぐら》としている。その片影すら見せはしなかったが、熊がこの岩場のテラスの辺りか深い抉れのどこかに潜り込んで冬眠に入るつもりでいるのは明白だった。

この熊は、仙造はじめ山歩きをする人たちが皆、敬遠して近づかないこの険阻な岩場に目をつけ、だいぶ前から落葉などを運び入れて着々と冬ごもりの準備をしていたものと思われた。仙造としても、これまで数多くの熊と出会い、対決してきたが、こんな険しい岩場に冬眠する熊がいるなどとは、経験上とても考えられず、意表外なことであった。

もっとも、この断崖から崩場の沢に至る辺り一帯は、深い原生林に囲まれており、闊葉樹《かつようじゅ》の喬木や針葉樹の大木が立ち並ぶ混生林が、そこから山奥まで続いている。しかも、風当りは弱い。熊が冬眠をする環境としては申し分のない場所ともいえる。

仙造はしかし、こんな足場の悪い崩場で、冬ごもりに入ったばかりの、まだ体力の衰えていない熊と争いをする気は起こらず、春の雪解けを待つことにしてその場を後にした。そしてたくさんの罠を仕掛けてある久遠の沢へと下り、ヤマウサギ三羽、イタチ三匹、ヤマドリ五羽と、まずまずの猟をして家に帰ってきた。

やがて厳しい寒気の続いた冬が去り、雪も大半が消えて雪代水《ゆきしろ》もおさまりかけた春の一日、仙造は山に入って、この冬ずいぶんと働いてくれた罠をすべて回収し、獲物を背負って家に戻ると、この冬最後の毛皮を張り終え、銃の手入れを済ませた。

次の朝、入念に足拵えをし、銃を背にした仙造は、丘沢から崩場の沢へと向かったが、断崖の下に立ったとき、自分の来るのが少し遅かったことに気づいた。

熊が抜けた経路を確かめるべく、右側の十メートルあまりの急斜面を上ってゆくと、そこには真新しい足跡が点々と付いていた。その足跡は、なんの迷いもためらいもないといった風に、真っすぐ原生林の山奥へ向かっていた。仙造には、この熊の行き先は、とっくに見当がついていた。それは、この山の峰続きにある二個所の湿地帯で、一個所は田中の沢の奥にあり、もう一個所は咲梅川の源流の上にある。そこではもう、クマウバユリが発芽を始めているに違いない。そして、穴から出た熊が何頭も、その根を掘って喰うため、そこに集まってきているはずであった。

熊の追跡をあきめらた仙造は、家に戻ると道具の手入れをして箱に納め、毛皮の整理に取りかかった。熊の毛皮は一枚もなかったが、内緒で撃った鹿の皮が二枚あった。焼き干しにした肉も、当分は困らないほど蓄えた。

それからの幾日かは、用事ができたり雨が降ったりで自家用の田圃や畑にも手を入れることができず、猟期の終わった今ではヤマドリを撃ちにも行けなかった。そんな鬱屈した日日が過ぎて、好天に恵まれたある日の朝、釣りの仕度をした仙造は、餌のミミズを掘って餌箱に入れ、裏の川に出ていった。

川の水量はやや多かったが、濁りなどはなく、春先特有の清々《すがすが》しい流れが岸辺を洗って、滔々《とうとう》と音も高らかに流れていた。

山裾あたりから林にかけては、青々としたニリンソウの群落が真白い可憐な花を開き、その傍らではギョウジャニンニク（キトビル）が薄赤い衣に包まれて萠え出している。

仙造は釣り鉤にミミズをつけて、川の深みに餌を打ち込んでみた。間をおかず、グイッと強い引きがきて、淀みの石裏あたりに竿先が引き込まれた。ゆっくりと竿を川下にねかせ、川の底を這わせるように引き寄せて、そのまま足元の川原に抜き上げた。久し振りに釣り上げたヤマベ（ヤマメ）は、鮮やかな黒点をおどらせて砂の上に跳ねとんだ。

早春の雪代《ゆきしろ》ヤマベは、陽を浴びるとことさら銀色に輝くようだ。この雪代ヤマベに混じって、黒点の薄いギラギラした細身のヤマベもいて、銀毛《ぎんけ》と呼ばれているが、これは、握るとべっとりとウロコが手につく。銀毛はサクラマスの子であり、今が海に降る時期であるという。

これらのヤマベのほかに、全身真っ黒な大きいヤマベが釣れてくることもある。これはヤマベの牝で、昨秋の産卵後、下流の深みに下らず、山奥の渓流で越冬したもので、仙造はこれを越年《おつねん》ヤマベと呼んでいた。こんなヤマベは、流れに戻してやると、水がぬるむ頃には黒いサビもとれ、やがては油がのったきれいなヤマベになるという。

こうして深みや流木の下などを狙って釣り上ってゆくと、型の良いヤマベが面白いように釣れてきた。しばらくぶりの好漁に満足した仙造は、〝もう少し釣ったらやめよう〟と思いながら、次の溜りへ移ろうとして前方を見た。川原の砂の上に熊の足跡が付いているのが目に入った。よく見ると、それはまぎれもなく金毛の足跡であった。

「おっ、これは金毛のだ。元気で穴から出てきたんだな」

仙造は顔をほころばせながら、たった今、歩いていったばかりとみられるその足跡を調べてみた。金毛は、川なりに下《しも》から上《かみ》へ向かっていたが、ここで川から離れて左の斜面に上っていったように見受けられた。

足跡を見送った仙造は、目の前の深い瀞場《とろば》に餌を流し込んでみた。すると間髪を容れず強い引きがきた。川底を走り回った大きな魚を、やっとの思いで岸に引き上げてみると、それはなんと、五十センチ近い大アメマスであった。さらに、その同じ深みで四十センチを超すアメマスを立て続けに三本も釣り上げた仙造は、ここで竿をおさめて帰ろうと、下流へ足を踏みだした。――そのとき、フーッと異様な気配を感じた。

〝ありゃ、どっかで金毛が見ているな〟と思った仙造は、流れに向かって魚を釣るふりをしながら、ゆっくりと顔をめぐらした。対岸の斜面から上流へ、そして後ろの斜面へと目をやると、〝いたっ、やっぱり金毛だ〟久しぶりに目にする金毛は、一段と大きく、みるからに逞しくなっていた。

金毛は、太目のハナイタヤの根方に坐って、身じろぎもせず仙造を見おろしている。頭から肩のあたりにかけての黄金の毛並みは、冬眠の穴から出たばかりとは思えぬほど艶があり、陽光を弾《はじ》き返すように輝いて見えた。

仙造は魚籠の中から、今釣り上げたばかりでまだバタバタと跳ねているアメマスを一尾摑み出し、落葉の斜面に抛り投げ、さらにもう一尾のアメマスを抛り投げると、おもむろに下流へ足を踏みだした。そして少し歩いてから振り返って見た。アメマスが落下したあたりの緩斜面に、金毛が坐り込んでいるのが見えた。しばらくその姿を眺めていると、金毛はゆっくりと立ち上がり、沢の奥に向かって歩きだした。

早春のこの日を境として、金毛の姿は仙造の前からふっつりと消えた。そして近傍には、その足跡すら見つけることができなくなった。

だが、金毛のものとは異なる、やや大き目の足跡をたまに見かけることがあって、そのたびごとに仙造は、この春早く崩場《がれば》のテラスから抜け出した熊がいたことを思い起こしていた。

こうして無聊《ぶりょう》の春が過ぎ、多忙な夏も去って、秋風にひんやりとしたものを感じるようになった頃、仙造は、川下の部落の辺りに熊が頻繁に出没しているという話を耳に挟んだ。秋口から姿を見せていた熊が、ついに放牧中の牛馬を襲って被害をもたらした、というのである。

そのときは未だ猟期に少し間があったので、有害鳥獣駆除の許可を受けているハンターだけが集まって警戒に当たっていたが、いずれの人も家業を犠牲にして来ていたため、一時は七人もいたのに一週間ほど過ぎた頃から一人、二人と来なくなって、二週間も過ぎると、もう誰も来なくなってしまっていた。

九月の十五日は初猟の日である。この日、久しぶりにヤマドリ鍋でもつくってみようと思い立った仙造は、散弾をたっぷり挿した弾帯を腰に巻いて、沢なりに奥へ向かった。

春先のヤマドリと違って、秋のヤマドリは呼び笛《こ》への反応が鈍く、よほど近くに行かなければ居場所が分からないことが多い。しかし仙造は、おおよその辺に行けばいいのか解っていたし、今頃であればどの木に集まって、どんな実を啄《つい》ばんでいるのかも熟知していた。

いつもの年ならヤマブドウはそろそろ色づき始め、コクワやマタタビはあと十日もすれば熟し始める頃だが、今年はなぜか、山の稔りが悪い。それでも、この沢の奥の左の斜面を上ったところにアカワンの木が生えていて、今頃はその実が真っ黒に熟しているから、ヤマドリはたぶんその実を食べにきているだろう。——そんなことを考えながら歩いていたとき、行く手の川岸あたりから、ガウガウと鳴くカモの声が聞こえてきた。

背中の銃をおろして、三号弾を送り込み、足音を殺して忍び寄ってみると、この春先にアメマスの大物を四尾も釣り上げたあの瀞場の岸辺近くで、マガモとカルガモの混じり合った一群が、羽繕《はづくろ》いをしているのか、羽根をバサバサとやりながら盛んに水玉を散らしている。

藪蔭から木蔭へと伝って充分な射程距離まで接近し、山裾のボサ叢《むら》を楯に折り敷いた仙造は、固まっている群れの真ん中に一弾目を撃ち込み、指に挟んでいた二弾目を即座に薬室に送り込んで立ち上がると、羽音高く飛び立った群れの中の牡マガモに矢先を送り、なんなくそれを撃ち落とした。そして瀞場の流出口に移動し、そこへ流れてくるカモを回収した。

一弾目でマガモを三羽、カルガモを四羽、二弾目の飛び撃ちでマガモを一羽と、全部で八羽を手にしたのである。それにしても居鳥の七羽は、思いがけない獲物であった。

背負い袋にカモを収めて、それを担いだ仙造は、上流に向かって歩きだし、瀞場から三十メートルあまり進んだところで、川原の砂の上に熊の足跡が明瞭に印《しる》されているのに気づいた。よく見ると、上流から下ってきた熊が、そこから急いで引き返し、右手の斜面の落葉を蹴散らして走り去った形跡がある。この熊は金毛よりも足がずっと大きく、この辺りでは滅多に見られぬ類の足跡である。

熊は、ここまで下ってきて、鉄砲の音がすぐ間近で鳴ったのに驚き、あわてて引き返したのであろう。だが、もしあの瀞場にカモがおらず、沢なりに真っすぐ進んでいたら、奴とまともに出くわしていたに違いない。そんな場合、背中の銃をおろして弾を込め、熊と対決するだけの余裕が果たしてあったであろうか――。熊の走り去った斜面を見上げながら、仙造はしばし、呆然と立ちつくしていた。

このあと、五羽のヤマドリを手にして家に戻った仙造は、カモを一羽だけ家において歌笛に出た。そして、行きつけの飲食店や料理屋で獲物を換金した後、必需品を仕入れて戻ってきた。

それから二日後、ここしばらく鳴りを潜めていた熊が、昨日の朝、一里あまり川下の牧場で牝牛を一頭殺したとの知らせが入った。

仙造は、この秋の初めに放牧中の牛馬を襲ったのは、金毛の仕業ではないかと思っていた。金毛が悪さをしたのだ、と。だが、一昨日《おととい》川原で見た熊の足跡は金毛のよりも大きかったし、それは、今年の春先にあの崩場から抜け出た熊の足跡のように見える。悪さをしているのは金毛ではなく、その熊かもしれない。それになによりも、あのおとなしい金毛が急に悪さをするようになったとは、どうしても思えないのだ。

下《しも》の牧場で牝牛が殺されたと知らされたとき、仙造は腕組みをしたまましばらく考え込んでしまった。そして、やおら銃を手にとって外へ出た。現場へ行けば、すべてがはっきりする。〝……だども、それが金毛だったら、どうするべ〟仙造はどうにも落ち着かぬ気分で牧場に向かった。

殺された牛は、母家からだいぶ離れた柵の傍らに倒れていた。腹を破られて内臓が喰われていたが、まだ大半は喰い残されていた。

そして、柵の辺りの地面に付いている足跡を見て、仙造は小さく何度も頷いた。やっぱり、それは金毛のものとは違う、もっと大きな足跡であった。

その足跡の形をしっかりと目に留めてから、仙造はもう一度、殺された牛のところに行って今朝の様子を調べてみた。熊は夜明け近くにまた来たようだが、どうしたことか、内臓を少し喰っただけで立ち去っていた。この熊はあまり遠くへは行かず、近いところで昼寝をし、今夜から明朝にかけてきっとこの牛を喰いに出てくる、と仙造は思った。というのも、昨日の朝そして今朝、腹を喰っただけで熊がこの牛を捨て置くとは考えられないのである。今年はとくに山の稔りが悪く、長い冬眠に備えて熊が腹を満たすべき喰い物は他にはまったくない、と言ってもいい有様であった。

その日は、たぶんこの辺りと見当をつけた山の斜面を探してみたが、確かな手がかりは得られぬまま、捜索を打ち切った。

そして翌日、仙造はしっかりと足拵えし、長時間の山歩きをも頭に入れて仕度をすると、まだ暗いうちに家を出、牛の死体がころがっている牧場に向かった。牧場の側まで来たとき、辺りは未だ暗々としており、このまま向こうの柵の方に近づくのは危ないと判断した仙造は、空が白むまでそこで待機することにした。

道路脇の立ち木に寄って、周囲の気配に注意を払いながら、仙造はじっと立っていた。未明の一時《ひと》、熊がいるかもしれない牧場の一隅にたたずむという、この張りつめた気持ちは、さすがの仙造もこれまでに経験がなく、嚙み合わせた歯がかちかちと鳴るのは、早暁の冷気のせいばかりではなかった。やがて静かに夜が明けそめ、牧場はほんのりと白みはじめた。

百メートルあまり先の、おそらく牛が倒れている辺りに、ぼんやりと黒いものが見えた。〝うん、熊がきて牛を喰ってるところだな。けんども、こっからは真っすぐには忍べないべもよ〟と思った仙造は、近くの棚の外れから立ち木の茂る緩斜面に回り込んだ。木立ちの中をしばらく進み、いったん柵の方に下ってみると、左手の五十メートルほど先に、今度ははっきりと、牛の腹のあたりに熊が喰らいついているのが見えた。〝もう少し近くに行って、一発で急所を撃ってやるべ〟と、仙造がもう一度木立ちの中に入ろうとして歩みかけたとき突然、熊が頭をもたげて後ろを振り返り、仙造の方を見た。その動作はまるで、忍び寄ってきた仙造に、〝お前がそこに来ているのは、とっくにわかっておるぞ〟と言っているように、仙造の目には映った。

立ち木の蔭に身を潜ませた仙造は、鉄砲の遊底を開いて実弾を一発送り込み、頭をそうっと上げて熊の様子を窺った。熊は、なにごともなかったかのように、体を丸めて牛の体を貪り喰っていた。

木立ちの中をゆっくりと這った。音をたてぬよう、静かに這い進んだ。〝もう、ここまで忍んだら大丈夫だべ〟と、今度は斜面を這ったまま下ってゆき、木立ちの外れまできて、そうっと頭を上げ、熊がいるであろう柵の辺りに目をやった。いない。熊が、いない。立ち上がって木立ちの中から走り出た仙造の目に触れたものは、空しくころがっている牛の死体だけであった。そして仙造は、そこに見た、柵の外れから斜面へ落葉を蹴散らすようにして走り去ったであろう熊の足跡を。まさしく野性の本能が、身に迫った危機を逸早く察知して、それを回避したのであった。

茫然と立ちつくしていた仙造は、気を取り直して熊の足跡を追い始めた。丹念に足跡を拾いながら、山を上っていった。熊は、笹藪や小柴のボサ藪を避けるようにして落葉の斜面を進んでいた。

どれほど歩いたことか、そのとき仙造は、中村の沢のカッチ（沢の詰め）に近い中峰に立って、足下を見ていた。地面に散り敷いた落葉が異様に荒れているのだ。それが、その辺りに屯《たむろ》していた鹿の群れが何かの気配で走り去った痕跡であることは、一目で判った。そして、その跡に重なって付いているのは、まちがいなく、仙造が追ってきた熊の足跡であった。

鹿の群れは、熊の気配を感知して走ったようであり、熊のほうは鹿の後を追っているようにも見受けられる。あの足の早い鹿が熊につかまるものか、と思いなして、仙造は再び足跡を辿り始めた。

こうして尾根を越え谷を渡り、急ぐともなく追跡を続けた末に、いつしか、あの険しい断崖絶壁の崩場《がれば》に近い、原生林の一角に来てしまった。仙造はその時点で、〝ここまで来たら、もう今日はだめだべ。仕方がないから牧場さ戻って、一番近い木に待ち場を造って、今晩はそこで待ってみるべか〟と考え、追跡を打ち切ることにした。そして崩場の左峰を下ろうとして、その方角に向かって歩いていたとき、ウワウッと、何かを威嚇するような熊の吼え声を耳にした。その声は、まぎれもなく崩場の沢から聞こえてきたもので、仙造に対して発せられたものではない。

背の銃をおろして実弾を送り込んでから、地面に体を伏せつつ前へ進み、峰の太いナラの木の蔭に寄って立ち上がると、こっそり下の崩場の沢を覗き込んだ。

崩場の沢の詰め近くに、思いがけず金毛が坐っていて、少し離れてその手前に、全身が赤茶色の毛に覆われた、金毛より一回り大きく見える羆がいた。赤毛の羆は、前足で何かを抱え、上目遣いで金毛を見ながら、その抱えたものにむしゃぶりついている。そして金毛がわずかでも体を動かそうものなら、ワウーッと吼えては金毛を脅かす。すると金毛は、さも困ったように小首をかしげ、横目を使って赤毛の方を窺っている。

よく見ると、赤毛が抱えているのは鹿の牡のようであった。なぜ、あの鹿は熊につかまったのかと仙造は訝った。が、すぐに、二頭の熊の存在がおそらくその疑いを解くカギであろうと気づいた。つまり、鹿は後ろから赤毛に追われ、この断崖の上まで来たとき、前から金毛に追われた。両方から挟み撃ちに合って退路を断たれ、逃げ場を失って崖から転落したあげく、下の崩場で打ちどころ悪く絶命した――。

餌を確保するのに躍起になっている赤毛と、なんとかして少しでもその肉を食べようと狙っている金毛の二頭は、仙造が、十間（約十八メートル）あまりの身近に忍び寄って、急斜面の上の大木の蔭に折り敷き、銃を肩に付けて赤毛の頭に狙点《そてん》を定めていることに、まったく気づいていなかった。ダーンと、一発の銃声が原生林の冷気を震わせ、その瞬間、赤毛は金毛に向かって猛然と襲いかかった。すばやく横へ飛び退《の》いて身をかわした金毛は、仙造を見た。左岸の急斜面の上の大木の蔭から隣の大木へと移動する仙造を見た。次の木蔭に移った仙造は、すでに二弾目を送り込んである銃を肩付けし、金毛を追って立ち上がった赤毛の両眼の真ん中に狙いをつけて「オーイ」と一声、大声で呼びかけ、一瞬立ち止まってこちらを向いた赤毛に、真正面から引き金をしぼった。

　金毛は走った。怒り狂って通り過ぎた赤毛に後ろを阻まれ、逃げ道を失って前へ走った。十メートルあまりの急斜面を一気に駈け上ってゆく金毛の前方には、銃を手にした仙造がいた。

　仙造は、金毛が自分を襲うために足下の急斜面を駈け上がってきたとみなし、木の幹を回りながら三弾目を薬室に送り込むと、すでに一間の至近に迫った金毛を迎え撃つべく大木を半回りし、眼前に横腹を見せた金毛の前足の付け根に、銃口を突き当てて引き金を引いた。

金毛はなおも走った。真っすぐに走り続けた。そして目先が眩《くら》んだのであろう、斜面の上の太い立ち木に頭からしたたか打ち当たり、ドッと後ろに倒れたが、すぐに上半身を起こして立ち上がろうとした――そのとき、ガンと頭に強い衝撃を受け、腰から先にグラグラと崩れてしまった。

それを見届けた仙造は、金毛をそのままにして急斜面の上に戻り、赤毛を見た。赤毛は、仙造のいる上の平地《ひら》にあと二メートルほどのところまで来て、そこで力が尽きたものか、急斜面の立ち木に体を寄せて坐り込み、前足で上半身を支えつつ頭を左右に大きく振っていたが、やがてガクンと前足が崩れ、頭から先に急斜面を転がり落ちていった。

再び金毛の方に目をやると、まだ息があるらしく、わずかながら前足を動かして立ち上がるような仕種をみせていたが、ほどなくガックリと頽れ、動かなくなった。

仙造は、全身の力が抜けてしまったようになって、そこにしばらく坐っていた。

そして、なぜ金毛が沢を下らずに自分の方へ襲いかかってきたのだろう、と思いめぐらしていた。

「なしてだべ、お前がなして、オラを襲ってきたんだべ」

じっと金毛を見ながら、仙造は小さくつぶやいた。この二年あまりの間、何度も出会い、自分が与えた餌を食べ、身近なところにいても何ら危害をくわえるような素振りを見せなかった金毛を撃つつもりなど、仙造にはまったくなかったのである。それなのに、赤毛が撃たれたのを見て、金毛が自分に向かってきたのは、どうしてだろう。そこまで考えたとき、ふと仙造は思った。〝オラ、早まって金毛を殺してしまったんでないべか。あいつは心のやさしい奴だから、一発くらった赤毛が暴れるのを避けるために、オラに助けてもらうべと思って、それでオラの方さ逃げて来たんでないべか。もしそうだとしたら可哀想なことしたな〟

仙造は、足下に横たわる金毛を、後味の悪い思いでぼんやり眺めていたが、ふいに我に返ったように立ち上がると、先におろしておいた背負い袋のところへ行き、それを手に下げて戻ってきた。そして袋から握り飯を取り出して是非もなく腹に入れた。中食には未だ早いとも思ったが、二頭の熊を捌くには相当の時間がかかる。急がなければ日が暮れてしまうのだ。仙造はとにかく、明るいうちにできるだけ多くの肉や皮を家まで運んでしまいたかった。

　飯を食べ終わるやいなや、急斜面を斜めに下って崩場の下に降り立った仙造は、赤毛が倒れている場所のすぐ上で、鹿が頭を下に向けて死んでいるのに目をとめた。

「ありゃあ、そうだった、鹿もあるんだ。こりゃあ急がねば大変だぞ」

と独《ひと》り言《ご》ちながら鹿をよく見ると、腹のところがほんの少し喰い破られているだけで、それはほとんど無傷と言っていいものであった。

　小刀を出して皮を剝ぎ、肉は骨が付いたままばらしてシナの木の皮で木に吊るし、内臓は汚物を抜きとってきれいにし、すべての処理を終えたときには、落日はすでに山の端《は》にあり、夕暮れの薄暗がりが足下の山肌に忍び寄っていた。仙造は、背負い袋から、用意してあった綱を出し、皮と持てるだけの肉をまとめて、それを背に担ぐと、家に向かって足早に歩いていった。

　翌日は、また何度も山へ出かけ、夕方前には全部の肉を家に運び下ろしてしまった。夜は、それを塩漬けにしたり、ほんのりと焼いてから火棚の上で乾燥させたり、保存食用の焼肉を作ったりと、それは目まぐるしいほどの働きであったという。

秋もたけなわのある日、当時十六歳であった私は、山回りを兼ねて、晩のお菜《かず》にするヤマドリでも撃ってこようと、グリナーの二十四番を肩に山へ出かけていった。そして一通り持ち山を回ってから、ヤマドリを撃ちに三石川との分水嶺に上り、左に進路を変えて久遠の沢のカッチに出た。

そろそろこの辺で昼飯にしようかと思っていたとき、突然ズドンと一発の銃声がして、どこにいたのか、一羽のヤマドリがバタバタと羽根を散らしながら間近に落下した。ほどなく、三石川付きの峰蔭から一人のアイヌ人が上ってきた。彼は、子供を少し大きくしたぐらいの少年が銃を持ってそこに立っているのを見て、驚いた様子であった。

そのアイヌ人が桐本仙造であり、この日が仙造と私の初めての出会いの時であった。そこの見晴らしの良い峰に坐って、昼飯を食べながら彼仙造が語ってくれたのが、この金毛の羆の物語である。

仙造の話によると、金毛が哀れな最期をとげたのは、この日からほぼ三年前のことで、その年の春先、たった一度だけ金毛が姿を見せて突然、仙造の前から姿を消したのは、あの凶暴な赤毛が無理やり金毛の縄張りに押し入ってきて、金毛を追い出してしまったからであろうという。「今でも、金毛を撃ってしまったのは、オラの早合点であったべ、と思う」そう言って仙造は、淋しげに遠くの峰を見るともなく眺めていた。

この日、山回りを中途で止めた仙造は、私と一緒に家《うち》の山に下山し、事務所に寄って一服していった。その折り、父は他出していたが、仙造は父のことをよく知っていた。仙造が帰るとき、私は宝焼酎の四合瓶を一本持たせてやった。それ以後、仙造はちょくちょく訪ねてくるようになり、そのたびにヤマドリやキジ、熊や鹿の肉などをもってきてくれた。

2 風雪

染退川《シベチャリ》という川の名は、現在の静内川の旧称である。この川は農屋《のや》の上で二股に分かれ、右の股をメナシベツ（通称、東の川）、左の股をシュンベツ（西の川）

かな川であった。

と呼んでいた。今はもう、北電が設置した大きなダムに縊《くび》られて、二股とも見る影

もなく破壊され、無惨な姿になり果ててしまったが、かつての染退川は、それは見

事な清流であった。眺めているだけで心の中まで洗い清められるほど美しく、ゆた

かな川であった。

　メナシベツは上流において、この川の最大の分流・コイボクシュシベチャリ川（通称コイボック）およびコイカクシュシベチャリ川（通称コイカクシュ）に分かれ、それらの川からさらに幾多の支流が枝分かれして、日高山脈中央部の広大な山懐に切れ込んでいる。一方、シュンベツにはとりたてて大きな分流はなく、したがってその集水面積はメナシベツに及ばないが、源流はやはり日高の山脈《やまなみ》に広く枝分かれして原生林の中を流下している。

　昭和七年の七月、私たち一家は初めてこの染退川のメナシベツを訪れ、二十二日間にわたって渓流釣りを楽しんだのであるが、その折りに偶然出会ったのがアイヌ人の清水沢造であった。

　沢造は農屋のアイヌ人集落に住む毛皮猟師で、身の丈六尺（一・八メートル）の偉丈夫であった。私たちとはその後しばしば川歩きを共にし、後年、コイカクシュ

の支流・ベツピリカイ川で、釣りをしていた私が危うく激流に呑まれるところを助けてくれたこともあった。

山小屋に一緒に泊まると、沢造は毎夜のように、猟にまつわる話や羆、オオカミ、シカといった野獣の話などを聞かせてくれた。黒い髭に覆われた口から訥《とつ》々と語りだされる奇譚の数々に、少年の私はいつも、じっと耳を傾け、胸を震わせていた。

これからお話しするのは、沢造がそのような折りに聞かせてくれた、銀毛と赤毛の羆をめぐる少し長い物語である。

沢造はその頃、メナシベツ、シュンベツ両流域の広大な山岳地帯を猟場とし、秋から春先まで、あちこちの山小屋に寝泊まりしては毎日のように猟に出ていた。

メナシベツにあった沢造の山小屋は、全部で六軒で、一番下《しも》の小屋はメナシベツ本流と支流・イベツとの出合い（合流点）に立っていた。そして下から二番目はコイボックに、三番目はコイカクシュの支流・中の沢（サッシベチャリ川）に、四番目はコイカクシュ上流のペテカリ川に、五番目は同じくベツピリカイ川にあり、六番目だけは川縁ではなく、ベツピリカイ川とペテカリ川の間の広くなだらかな山懐の峰の上にあった。いずれの小屋も、ガンビ（マカバの皮）で壁から屋根までを囲ってあり、小屋の骨組みにはエンジュの木を使用してあった。土に接する部分も、腐敗することなく永年の風雪にも耐え得るように造られてあった。

それらの小屋はいずれも、未だ一度も鋸や鉞の入ったことのない原生林の中にあった。立ち並ぶ巨木は高々と天を突き、地には、永い年月を経て堆積した腐葉土が、足首まで埋もれるほどに積もっていて、点在する大岩や転石、あるいは巨木の幹などはどれも、青々とした蘚苔類に覆われていた。林の中は昼なお薄暗く、静けさに満ち、しばしそこに佇めば、誰しも悠久の時の流れに我を忘れてしまう。

この千古の趣を湛える山々にも、九月の末から十月の初めにかけて、早くも雪が訪れる。その真白く冷たい茵《しとね》が山襞に敷きつめられると、一帯を縄張りとする動物たちが、一段と激しく動きだす。この時季に能《あた》う限り多くの餌を食べ、脂肪をつけておかなければ、酷寒の厳しい冬を越すことは難しいのだ。こうして生きとし生けるものの宿命ともいうべき生存のための闘いが、今まさに始まろうとしていた。

もっとも、その動物たちを狩る沢造のほうは、まだ動きだすには至らず、山や野のすべてが凍《しば》れる時を待ち構えていた。今はまだ、動物の毛皮には青皮と呼ばれる、皮の肉付き部に黒い斑点のあるものが多く、これは売買の対象にもならないとみなされていたのである。それにたいし十一月中旬から三月中頃までの毛皮は、綿毛がびっしりと生え揃っていて、皮の裏も真白く仕上がるので、品質には何ら問題はなかった。

九月も末のある日のこと、ベツピリカイ川の上流に一頭の羆が姿を現わした。もうすぐ雪が降るというのに、熊がこんな岩山の多いところに姿を見せるのは珍らしいことである。

その羆は、ほぼ全身が銀白色の毛に包まれていた。それで沢造は、だいぶ前からこの熊を銀毛《ぎんけ》と呼んでいた。

銀毛は焦っていたに違いない。というのは、銀毛の縄張りはここからはずっと下流の小さな支流、アベウンナイの奥で、そこに自分の冬眠用の穴があったのだが、この夏の終わり頃からときどき姿を見せるようになった赤毛の巨羆《おおくま》が、秋になって山の稔りが食べ頃になると、大っぴらに銀毛の縄張りを荒し始め、我がもの顔に振る舞いだした。銀毛は再三抗議の行動に出てみたが、赤毛の巨熊は相手にもせず、とうとう銀毛の穴に補修の手を入れて、そこで冬眠の準備をしてしまった。それを見て銀毛は、思い切って攻撃を仕掛けた。しかし貫禄の違いは如何《いかん》ともしがたく、銀毛は肩に大きな裂傷まで負ってしまい、しょうことなく棲みなれたアベウンナイの縄張りを離れてしまった。どこへ行っても先住者がいた。銀毛を迎えてくれるところなどは、一つも見当たらなかった。思い立って一度、本流を渡って対岸の山に上ってみたが、そこの山にも落ち着けるところはなく、銀毛は再び川を渡り、今度は本流沿いに奥へ向かった。

肩の傷はまだ治っていなかった。歩きながらの拾い喰いでは、腹を満たすこともできなかった。そのうえ、雪の降る時季を目前にして、何よりも大切な冬ごもりの穴を持っていなかった。ベツピリカイからペテカリにかけての流域でも幾度か穴を掘りかけたが、その辺りはどこも表土のすぐ下に岩石があって、掘り下げることができなかったのである。

しかたなくベツピリカイ川の上流から右岸に沿って下ってきた銀毛は、すぐ足元の崖下に右から流れ込む小沢があるのに気づいた。そしてそのまま右岸に沿って下り、ベツピリカイ川本流の岸辺からその小沢に入り込んだ。

この沢は入口の小さいわりには奥が深く、流れのところどころに岩盤の抉れによってできた深みが点々とあって、その深みには尺を越す大イワナが重なり合うように群れていた。真冬でもそこに氷が張ることはあまりなく、沢造は魚が欲しくなるとこの沢にきてイワナを捕まえ、それを焼いて食べていた。それで沢造は、この沢を「イワナの沢」と名づけていた。

銀毛は喰った。沢の入口に近い崖下の窪みに眠り、目覚めてはイワナを貪り喰い、落葉を集めてその窪みに運び入れた。そこを冬越しの場と定め、ようやくその準備に取りかかったのである。

こうして、長い冬ごもりに耐えられるだけの充分な皮下脂肪を蓄え、肩の傷も癒えた頃には、寒気は日増しに厳しくなり、ある日、薄曇りの空に風花が舞った。その白い小さな使者たちに促されるかのように、銀毛はそそくさと落葉の床にもぐりこんでいった。

それから間をおかずして、山肌は雪で覆われた。峰も斜面も、森も笹原も、すべてが白一色に塗りこめられ、わずかに川岸に咲く氷の花だけが、時おり雲間より洩れる陽射しをはじいて、きらきらと七色の光を放つ。凍てついた渓間《たにま》に聞こえるものは、チロチロと流れる水の音、そしてたまさかにクマゲラが枯木の幹を叩く楽の音《ね》。

この静寂の中に明け暮れる山峡《やまかい》にも、生きんがための闘いがある。

シカは、大きく見事な角を持つ牡ジカを先頭にして群れをなす。牡ジカの後には牝ジカの一群が続き、その少し後方に、まだ若い牡ジカの群れを従える。彼らの好みの喰い物は、もうほとんど深い雪の下に隠れている。シカたちは前足で雪を掻きわけてわずかばかりの青みをあさり、笹の葉を食べ、小柴の細い枝をむしり、木の皮をかじっては移動してゆくのである。

エゾヤマウサギは、小柴の枝や若木の皮をかじり、笹の葉を探しては雪穴に身を潜ませ、春の芽吹きを待つ。

エゾリスは、枯木の洞《うろ》に巣をつくり、そこに食糧を蓄わえて冬を越すが、時には洞から出て、枝から枝へと渡ってゆく。

キツネ、タヌキ、ムジナといった肉食獣は、いずれもヤマウサギを狙っている。そしてテンは、ヤマネズミから小鳥までも捕食し、それでもなお食い物が足りないときは、川筋に出てイワナをあさり、カジカやザリガニまで餌にする。

一方、空には、地上で餌をあさるこれらの小動物を虎視眈眈と狙うタカやハヤブサがいた。

ただし、こんな辺境までくると、イタチの姿は皆無といっていいほど見られない。人里近くにテンが棲まないのと対照的に、イタチは山の奥深くには棲まないものだ、と言われている。

深い雪に埋もれたコイカクシュの川岸を、今、一人の猟師が上ってきた。背には大きな荷を担ぎ、肩には長身銃とも言われる村田銃の二十八番を掛け、ケットで包んだ足にツマゴを履いてカンジキを付け、手には厚手のボッコ（犬の毛皮製）をはめている。そしてその手に、櫂《かい》の形のカイシキ（ユキベラ）を杖代りに持ち、一歩、一歩、雪を踏みしめながらゆっくりと緩斜面を渡ってくる。ときどき立ち止まって川岸から斜面を見上げるその目は、いかにも満足気に笑みをたたえているようだ。

彼、清水沢造の目線の先には、毛皮獣の足跡がくっきりと印《しる》されていた。ヤマウサギの足跡は、川岸に残る枯草の叢《むら》から叢へと付いているが、雪がすっかり踏み固められて細い道のようになっている。キツネは、刻印を押したような明瞭な足跡を点々と残す。深雪に腹を引き摺《ず》った跡を残しているのは、タヌキとムジナだ。（タヌキとムジナは、一般には同一の獣とされるが、日高の奥地にいるタヌキは太い尻尾を有し、この尻尾が根元から切断されたようになっているのがムジナであると、沢造はいっていた。タヌキの尻尾の長さは三十センチほど、これにたいしムジナは十センチに満たない。体色、体型には両方ともほとんど変わりはないが、体の大きさはタヌキのほうが大きく、ムジナはどれも、ほぼ一周り小さかった）

だが、沢造の髭面に笑みをもたらしたのは、それらの動物ではなかった。猟の一番の目当ては、もっとも高い値で取引きされるテンの毛皮を得ることである。そのテンの足跡が雪面にたくさん付いているのを見て、沢造は思わず、にんまりとしたのである。

沢造は今年もまた、ベツピリカイの猟場に一人でやってきた。昨夜は中の沢の山小屋に泊り、今朝、まだ夜の明けきらぬうちに歩きだして、ようやくここベツピリカイの山小屋に着いたところだ。小屋は夏のあいだに手入れをしておいたので、そのまますぐに使える状態になっていた。

夕方前でまだ明るかったが、今日はゆっくりと体を休めながら明日から仕掛ける罠の準備をすることにした。まず、小屋の中で火を焚きつけ、二十二番線の亜鉛びき針金を用いて、餌にするヤマウサギを捕獲するための罠を五つ作り、それらを小屋近くの川岸に仕掛けてから、夕食の仕度に取り掛かった。それが一段落ついたところで、次は罠の選別である。小屋の壁に種類ごとに仕分けして掛けてある罠の中から、キツネ、タヌキ、ムジナ、テンに使うものを選び出し、それぞれを一括りにして空の背負い袋に入れた。

その夜ぐっすりと眠った沢造は、朝早く外へ出、昨日仕掛けておいたウサギの罠を見回って三羽のウサギを手にすると、またその罠を掛けなおし、急いで小屋に引き返した。そして飯を済ませてから、ウサギを捌《さば》いて餌作りを始めた。ウサギを餌にするときは、肉よりも内臓を使ったほうが成績がよい、ということは永年の経験から知り抜いていた。

こうして餌の準備を終え、雪山に踏み出した沢造は、ただちに罠を仕掛ける作業に着手した。小沢のあるところでは、手頃の木を倒して一本橋を掛けた。余分な枝を切り払ってあるので人が渡れなくもない橋だが、これは、実はテンを誘《おび》き出す仕掛けの一つなのだ。山奥に新しい道や橋ができると、必ずその夜のうちに、しかも真っ先にそこを歩くのがテンの習性であると、アイヌの猟師たちは信じていた。

寝木のあるところでは、わざと踏み跡を付けてテンを寝木の上に誘《おび》き寄せ、そこに仕掛けた罠にはめる、というやり方もあった。テンを捕獲する方法は場所によって異なり、罠の種類だけでも五通りもあった。

沢造は、イワナ沢にも一本橋を架け、テンの罠を仕掛けたが、そこからほんの少し下《しも》の崖下《した》の窪みに熊が冬眠をしているとは、想像だにしなかった。十二月から翌年の三月半ばまで、毎年のように何度もこの辺に猟にきているが、熊の冬眠穴を見つけたことなど一度もなかった。それに、一帯の地山《ぢやま》は岩石で形づくられたところが多く、熊が穴を掘れる場所はほとんどない。つまり、ここは冬眠の適地ではないのだ。

冬眠をするといっても、羆はぐっすりと深い眠りに入るのではなく、うつらうつらと転寝《うたた》をしている程度のもので、何かの異状や物音でもすれば、すぐさま目を覚まし、それに対応するもののようだ。

昨日あたりから、崖の上の方で立ち木の倒れる音や、雪の上を歩き回る足音のような微《かす》かな物音がしていたが、今日はまた、突然大きな雪の塊りがドサッと窪みの前に落ちてきた。すっかり目を覚ましてしまった銀毛は、異様な気配が身近に迫っているのに気づいたが、窪みから出ようとはせず、じっと息をひそめて異変が去るのを待っていた。

沢造は、次の日も朝早く小屋を出、ペテカリ川の山小屋に向かって冬木立ちの緩斜面を上っていった。そうしてしばらく進んだ後、やや右に進路を変え、丘沢のような緩やかなたるみを上り詰めて、エゾマツやナラ、カバ、ニレなどの喬木が立ち並ぶ小高い峰に立った。

そこには、沢造の造作による六番目の山小屋があった。この山小屋は高台にあるため、川岸に設けた他の山小屋のようには水が使えず、それゆえ寝泊りにはあまり用いたことがなかった。だが、内側の壁にはどの小屋よりも沢山の罠が掛かっていて、道具置き場あるいは中継基地として重宝していたし、万が一、天気が急変したときなどの避難小屋としても役立っていた。

沢造は雪を掻き除けて小屋の中に入り、持ってきた袋から食料を取り出して上から吊るすと、再び荷物を背負って外に出、ペテカリ川の小屋に向かった。

ベツピリカイ川の小屋からペテカリ川の小屋までは、六キロメートルほどの行程である。その途中にも獣の足跡が付いているところは沢山あって、あちらこちらと罠を仕掛けながら歩いていった。やがてペテカリ川の小屋に着き、持ってきた食料を中に入れると、沢造は休む間もなくベツピリカイに足を向け、その途中、目ぼしいところにまた罠を仕掛けていった。こうして昼近くには、元の山小屋に辿りついた。

大急ぎで腹拵《ごしら》えをし、昨日仕掛けた罠の見回りに出かけた。小屋の少し上の、ヤマブドウの蔓を用いて仕掛けておいた罠にムジナが掛かっていて、ポンポンと跳ねているのが目にとまった。沢造が近づくと、これがまたとぼけた奴で、コロリとその場にひっくりかえり、足に掛かっている罠を外してやっても走りだそうとせず、いや、横になったままピクリとも動かず、そのくせ目玉だけは大きく見開いてギョロギョロさせている。そこで沢造は、もう一度罠でその足を挟んでからそこを立ち去り、やや離れた木蔭に体を隠して、そっと見ていた。やおら立ち上がったムジナは、なんとかして足の罠を外そうと、またポンポンと跳ねだした。

人が見ていないところでは懸命になって罠を外そうとするのだが、人の気配を感じるとすぐに死んだふりをするのである。これにたいして、同じ種に属すると思われるタヌキは、体型も毛の色もムジナと同じに見えるが、罠に掛かると死んだふりどころか歯を剝き出して反抗するものが多い。尻尾の長短のみならず、こんな性格の違いからもタヌキとムジナは別の獣である、と沢造は言う。

立ち木の蔭から、跳ねるムジナを見ていた沢造は、「エヘン」と大きく空咳を送ってやった。ムジナはあわてて、またもやゴロリと横になり、動かなくなった。それを見て思わず吹き出した沢造は、一気にムジナの息の根を止めてしまった。

この日、キツネはたった一匹しか掛かっていなかった。他のどんな動物に比べても、キツネほど狡賢《ずる》い奴はいない、と沢造はつねづね思いなしていたが、確かに、罠を仕掛けるにしても、罠と餌をよほど吟味した上で、軍手を二枚重ねにして作業をしなければ見破られることが多いし、それほど注意を払ったとしても、キツネが餌に喰いつくことはあまりない。銃で撃つにしても、なかなか射程距離に入ってくれないばかりか、トコトコ走ってはふいに立ち止まってクルリと後ろを振り返り、まるで人を小馬鹿にした様子でこちらを見ているのである。

キツネの足跡は、餌を置いたところには必ずと言っていいほど付いているが、罠の近くまでは来ても、ほとんどの場合、餌に食いつくまでは至らない。だが、そんなに用心深いキツネにも弱点はあった。沢造がよくキツネを獲ったのも、それをうまく利用して罠を仕掛けたからである。

沢造は、猟をするために山に入るときは、ニワトリの脂身《あぶらみ》を多めに持ってゆき、川の流れにつけて血抜きしたウサギの肉をこの脂で焼く。するとウサギの肉はニワトリの肉を焼いたようになって、いい匂いが染み込む。これを餌にすると、まず、どんなキツネも喰いついてしまう、という。それでも罠に掛からないキツネには、罠に使う口発破の小型のものを噛ませる。この口発破は、塩素酸カリウムと鶏冠石（砒素の硫化鉱物）にセトモノの細片を入れて調合するのだが、これらを混ぜ合わせるのはきわめて危険な作業となる。

さて、猟場を一回りした沢造は、獲物を入れた背負い袋を背《せな》にして帰途についた。そして、一番楽しみにしていたイワナ沢の例の一本橋の近くまで戻ってきたとき、橋の上に置いた弓張り仕掛けのハネ罠に、見事な黄テンが掛かっているのを見つけた。今日はすでに、茶の毛色のテンを二匹得ていたが、これほど見事な色合いの黄テンは滅多に捕れない代物《しろ》なので、沢造は思わずほくそ笑んで橋に駈け寄った。

背の荷物を崖っ縁《ぷち》の雪の上におろし、一本橋の上にそろりと足を踏み出した。針金で首を絞められた黄テンは、すでに固くなって、仕掛けた弓の先にぶら下がっている。そこに近寄って首の針金を外し、テンを持ち上げて立ち上がったとき、不覚にも足元がぐらついてよろけてしまった。沢造は咄嗟にクルリと体の向きを変え、崖っ縁に飛んだ。すると、そこに積もっていた雪がぱっくりと割れて、大きな雪の塊りが沢造の荷物を乗せたまま崖下のイワナ沢に落下し、ドスンと音をたてた。

「ありゃー、荷物まで落ちてしまった。しょうがねえなー、沢の入口から回らねばなんねえか」

沢造は舌打ちしながら左手の斜面に向かった。そうして本流であるベツピリカイ川の岸辺にいったん降り、そこから右岸伝いに下ってイワナ沢に出合いから入り、右側の崖の下を歩いて、荷物の落ちている上流に向かった。

高い崖の下に雪が砕け散っているところがあって、荷物はそこに雪まみれになってころがっていた。その荷物に手を伸ばしかけたとき、後ろの方で妙な物音がして、沢造の背にゾクリと寒気が走った。はっとして振り返ると、崖下の窪みから落葉と雪を蹴散らして一頭の熊が飛び出した。

沢造が左手に摑んでいたテンを荷物の方へ放り投げたとき、ウォーッと一声、腹に突き刺さるような吼え声を上げて熊が立ち上がり、沢造めがけて襲いかかってきた。

素速く身をかわした沢造は、右手で腰に下げた刺刀《さすが》を抜いた。そして、二度目に立ち上がった熊が両前足を振り上げて威嚇の声を上げながら今まさに飛びかかろうとする寸前、その腹にパッと抱きついた。熊の腰のあたりに両足をからませ、脇の下から両腕を回して背中の毛を手でしっかりと摑み、頭を熊の顎の下に押しつけた。

熊は、なんとかして沢造を振り落とそうと蛇《もが》き、ウワッ、ウワッと短く吼えながら川岸の雪の上を跳ね回った。振り落とされれば命にかかわるのは目に見えている。沢造は懸命に熊の腹にしがみつきながら、右手の刃渡り三十センチ近い刺刀を熊の心臓に突き当て、突き刺し、柄《つか》まで押し込み、なおもグイグイと力にまかせて刀を抉り上げた。傷口から鮮血がドッとほとばしり、辺りの雪を真っ赤に染めた。

刺刀の切っ先で心臓を突き破られた熊は、狂ったように跳ね回り、暴れだした。沢造は落とされまいと手に満身の力を込めてしがみついていたが、血まみれの刺刀の柄がぬるりと滑って右手が外れた瞬間、熊が大きく横に跳び、からめていた足が外れ、さらに背中の毛を摑んでいた左手も離れ、ついにその場に振り落とされた。そしてすぐさま身を起こし、崖下の大岩と岩壁の間の狭い隙間に目をつけるやいなや、一瞬後にはそこに潜り込んでいった。

ズキンと左肩に痛みが走るのを覚えながら、そっと振り返って見ると、熊は倒れては起き上がり、岩に当たっては倒れ、川に転げ落ちては岸に上がり、水の中と雪の上とを問わずのたうち回ったあげく、崖に頭を打ちつけてひっくり返り、またもや立ち上がっては流れに倒れ込むといった、手の付けられぬ暴れようで、それでもなお、沢造の姿を求めてか、そこらを無闇矢鱈に走り回っていたが、もはや目が見えなくなっているのか、まもなくよろよろと足をもつれさせ、断崖の下に頽れてしまった。

沢造は身じろぎもせず、熊の断末魔の喘ぎを岩の隙間から冷たい目で眺めていた。沢造にしてみれば、自分の猟場に無断で入り込み、しかも突然襲ってくる熊などに、同情すべき点は何ひとつなかったし、どんな因果があるにせよ、こんな目に遭わされるのはまったく心外であった。

やがて熊は、赤く染まった雪の上にゆっくりと仰向けになり、四肢をだらりと開いてしまった。これが、冬ざれの山をさまよった末にようやく安息の地を見出したばかりの銀毛の最期《さいご》であった。

岩の隙間から出た沢造は、熊の体から刺刀を抜きとって、雪で血糊をこすり落とし、さらに冷たい川の水で刺刀や手に付いた血を洗い流した。狭い沢間《あい》には、すでに夕暮れの気配が忍び寄っていた。荷物を背に担ぎ、黄テンを腰に下げた沢造は、銀毛をそのままにしてイワナ沢を後にした。

イワナ沢からベツピリカイの小屋までは二百メートルあまり、その中途に仕掛けておいた落とし罠に、これまた見事な黒テンが掛かっていた。その黒テンを手にして小屋に戻った沢造は、背負い袋から今日の獲物を出し、土間に並べていった。ヤマウサギ三羽、ムジナ二匹、タヌキ一匹、キツネ一匹、テンは黒と黄の二匹を含めて四匹、初日としてはなかなかの好猟である。それに、イワナ沢には予想外の熊もある。熊の処理は明朝に回すことにして、沢造は早速これらの獲物の処理に取りかかった。

時おり、左肩がズキンと疼いた。腕を動かさずにいれば特に異状は感じられないので、あまり気にはしなかったが、念のため調べて見ると、上衣《うわぎ》の肩のところが少し引き裂かれたようになっていた。それは、熊の鉤爪が自分の体を掠めた痕跡と思われた。おそらく、あの岩の隙間に忍び込もうとして身をひるがえした際に銀毛の一撃を受けたのであろう。これがもし、まともに肩に当たり、食い込んでいれば、自分は今、ここにこうしてはいない――。

沢造は手際よく皮を剝ぎ、皮下脂肪をすべて取り除いてから竹を用いて伸張し、次々と壁際に吊るしていった。こうしてなるべく早く乾燥させ、生皮のうちに凍らぬようにすることが大事なのだ。

すべての作業を終えて夕飯を食べた後、沢造は焚火のそばで一服しながら、今日自分を襲った熊のことを考え始めていた。なぜ、あの銀毛がこんな岩だらけの、冬眠用の穴が掘れないところに来て、わざわざあんなイワナ沢の断崖の下の窪みになんか寝ていたのか、どうにも合点がゆかない。そもそも、銀毛の縄張りはアベウンナイの沢の奥である。それは、だいぶ前から知っていた。熊が長らく押えていた縄張りを離れて、こんなところで冬ごもりに入るということは、何かよほどのことがあったからに違いない。そう思いめぐらしているうち、ふと沢造の脳裡に一連の光景が浮かび上がった――アベウンナイの銀毛の縄張りに、銀毛よりも大きく力のある羆が入り込んできて、それを奪い、銀毛を追い出した。銀毛はあてどなく山をさまよい、イワナ沢の畔を仮寝の床と定めてしまった――。

沢造は焚火の傍らに横になり、目を閉じた。眠りはすぐにやってきた。そうして夜中に何度か目を覚まし、焚木を焼《く》べ足した。毛皮を早く乾燥させるためであった。

夜明けとともに起きだした沢造は、充分に腹拵えしてから身仕度をしっかり整え、今日は銃を携えてイワナ沢に向かった。銃を持って出たのは、明け方近くに目覚めたとき、ウサギの罠を仕掛けた辺りからキツネの呼び合う声が聞こえてきたからである。木蔭に身を隠しつつ足音を殺して近づくと、案の定、罠に掛かったウサギをキツネが引っ張っているところであった。

ウサギの首には二十二番線の針金が巻きついていて、その先に二メートルほどの長さの握り太の棒が結ばれている。その長い棒が小柴にでも引っ掛かったらしく、キツネの動きが急に止まった。ダーンと一発の銃声が山肌を走り、パッと跳ねたキツネの姿が小柴の一叢に消え、一瞬後、凍てつく朝のしじまが戻っていた。

それから少し時が経《た》って右手にキツネをぶら下げ、腰の吊り紐に今しがた獲れた茶テンを下げた沢造が、イワナ沢の崖下に姿を見せた。

銀毛は昨日のまま仰向けになって倒れていた。体はすでに固くなっていたが、凍《しば》れてはいない。沢造は川原に火を焚きつけてから、銀毛の解体に取りかかった。

沢造の手にかかると、あの大きくて重い熊もたちどころに捌《さば》かれてしまう。皮を剝いだ後、腹肉を切りとって内臓を全部出し、首の付け根で頭を外す。それから腰骨を切断して前後の足に分け、それを背骨の真ん中から縦に割る。こうして一頭の熊は皮、腹肉、内臓、頭、前足・後足各二個の、全部で八個に解体された。

沢造はこれらのすべてをベツピリカイ川の小屋まで運び下ろすと、すぐまた罠の見回りに出た。今日は、高台にある六番目の小屋をへて、夕刻までにペテカリ川の小屋に達する心算《つもり》だ。罠に掛かった獲物を次々と背負い袋に入れながら、沢造は緩やかな斜面を休まずに上っていった。

六番目の小屋がある高台は、針葉樹や闊葉樹の喬木が密生する原生林となっており、小屋のすぐ右手にはエゾマツの大木があって、周りの喬木を圧するかのように枝を八方に張り、天に聳えていた。

沢造が小屋に近づいて入口に立ったとき、頭の上からパカッ、パカッ、パカパカッと、フクロウの嘴《はし》打ちの音が降ってきた。

「おっ来たか。今年も沢山の獲物がとれますように、頼みますよ」

沢造は、エゾマツの大木を見上げて、そう言った。

その大木の、右に張り出した一番下の枝に、見るからに大きな一羽のフクロウが止まっていた。沢造がこの辺りの山に入るようになって、もう十年になるが、この大フクロウは、その当時からこの森のどこかに棲んでいて、沢造がここへ来ると必ずと言っていいほど、どこからか現われ、いま止まっているエゾマツの下枝に飛来しては嘴打ちをするのである。すると沢造は、早速テンやムジナなどの獲物の皮を剝いで、身を寝木の上に置き、両手を合わせて深々と頭を下げては一心に祈りを捧げるのである。

後年、私をここに連れてきた沢造が、偶然にも来合わせたこの大フクロウを見せてくれたことがある。その折り沢造は、

「このフクロウは、オラにとっては神様《カムイ》です。この山に猟に来て、こいつを見た年はいつも大猟をして帰ったもんです」

と真剣な顔で語っていた。

フクロウに祈りを捧げた沢造は、そこから三キロ歩いて、まだ明るいうちにペテカリ川の小屋に着いた。そして火を焚き、獲物を始末し、飯を済ませて横になり、ときどき起きては焚木を焼《く》べ足した。

次の朝、沢山の毛皮を担いでペテカリ川の山小屋を後にした沢造は、途中あちこ

ちで罠を回収しながらベツピリカイ川の小屋に戻り、近辺に仕掛けておいた罠もすべて回収した。すでにテンの毛皮だけで八枚もあり、思いがけず熊の皮も手に入れるほどの大猟であったが、この狭い山小屋では全部の毛皮を充分に乾燥させることはできないので、ひとまず、生乾きの毛皮を持って農屋の家に引き上げよう、と考えたのである。

翌朝早々とベツピリカイの小屋を発った沢造は、昼少し前に中の沢の小屋に着いた。途中で撃ちとったヤマウサギやリスの皮を剝いで始末した後、塩で揉んだウサギの肉を焼いてお菜《かず》をつくるとともに、天井に吊るしておいた袋から米を出して飯を炊き、今晩から明日の昼までの飯も用意した。そうして早目に夕飯をすませ、横になって久しぶりにぐっすりと眠った。

朝まだき、鈍《にび》色にくすむ空を見た沢造は、大急ぎで荷造りをして中の沢の小屋を発ち、コイカクシュのいつもの渡河点で対岸に上ると、そこからは一気に川の左岸を下っていった。

このコイカクシュ左岸のルートは、雪が積もっている時季以外は、とても歩けたものではない。というのは、コイカクシュ本流と左の沢、中の沢の三股からコイボックとコイカクシュの合流点までの約四キロメートルは、岸辺が大人の背丈でも完全に没するほどの深いクマ笹の藪になっていて、今はそれが雪の下に埋もれているのである。

しかし、天候の崩れは沢造が予期したよりも早く、コイボックとの合流点に達する前に雪まじりの風が吹きだした。

それでも〝イベツの小屋までは、このままなんとか行けるだろう〟と沢造は思っていた。ところが、行くほどに雪は降りつのり、風は激しさを増し、横殴りに吹きつける雪が、白く厚い緞帳《どんちょう》のように行く手を遮ってしまった。沢造は仕方なく進路を左に変え、木立ちに向かって斜面を上り始めた。

吹雪。目をあけていられぬほどの猛吹雪だ。烈風が、降りしきる雪と地上の雪を同時に巻き込んで、唸りを上げながら滑ってゆく。

木立ちの中に入ると、顔に当たる風はいくらか弱まったものの、頭上からバタバタと雪の塊りが落下してきた。枝に積もっていた雪が風に次々と吹き飛ばされるのだ。そして時には、強風で折られた太い枯れ枝までが前触れもなく落ちてくる。

気温が急激に下がって、体温が奪われていった。もはや一歩先も定かには見えなくなった。この白い闇の中を歩み続ける沢造の勘は、しかし寸分も狂ってはいなかった。

どれほどの距離を歩いたときか、突然、足下の地形が変わった。そこはどうやら木立ちの切れ目のようだ。地面に傾斜がなくなって、足下が急に平らになった。地形から判断すると、そこはコイボックとコイカクシュの出合いと思われたが、もしそうであるなら、右手の崖の上に四メートルほどの高さの岩の突起があるはずであった。だが激しい吹雪に視界を遮られて、それはまったく目視できなかった。

沢造は少しの間、そこに立ちつくしていた。迷いやためらいがあって逡巡したのではない。ここがコイボックとコイカクシュの出会いであるのは間違いがないと思われたが、とすれば、この先の地形を頭に思い浮かべ、よくよく叩き込んでおかなければ、前へは進めないのだ。

この出合いからイベツの出合いまでのメナシベツ左岸は、高いところで落差六十メートルもある断崖が続いており、この猛吹雪の中で、もしも右へ進路をあやまって、一歩でも踏み外そうものなら、まず命はない。

断崖の上の角から左の山裾までは平地になっていて、そこを辿って下ってゆくわけだが、その平地の幅は一様ではなく、広いところで三十メートル以上、狭いところで十メートル程度であった。沢造はこのとき、左側にぎりぎりまで寄って、山裾伝いに進むことにした。

この辺りには、ヤチダモの大木が多かった。幹に大人三人が手を回してやっと届くほどの巨木も、あちこちに立っていた。そんな大木にさえ、眼前に近づいてぶつかりそうになるまで気づかない、という有様であったが、沢造はひたすら歩いた。吹雪の荒れ狂う原生林の山裾を、歯をくいしばって歩いた。

もう、アベウンナイの沢に達してもいい頃合いであった。この沢は、コイボックとコイカクシュの出合いとイベツの出合いとのほぼ中間地点で、平地を横切って左から流れ、メナシベツ本流に滝となって落下している。

〝まだか、まだアベウンナイに着かないのか〟沢造は、焦りとも苛だちともつかぬものを感じていた。ルートを間違ったはずはないが、それならなぜ、アベウンナイに着かないのか、と。

またしても目の前にヤチダモの大木が立ちはだかった。ふと足を停めた沢造は、もたれるようにその幹に体を寄せた。ほんの一刻でも、吹雪を避けたかった。疲れていた。昼飯の時間はとっくに過ぎていたが、飯を喰う気にもなれなかった。

背負い袋を下ろして、そのポケットから干蛸を取り出した。いつも持ち歩いている非常用の食料である。干蛸を口に入れ、しゃぶっていると、香ばしい匂いとともに口に溜った甘い唾液が咽に落ちていった。軟らかくなった蛸をゆっくりと咬みしめながら、沢造は背負い袋を担ぎ上げ、重い足を運び始めた。

そうしてしばらく山裾を辿り、ヤチダモの木を何度かかわして行ったとき、沢造は誰に言うともなく、

「まだか、もうアベウンナイに着いてもいいころだべ」

と口に出して言った。その直後、踏み出した右足が宙を踏んで、そのまま前のめりに転倒した。一瞬、沢造は奈落の底に落ちる己れを見たと思ったが、すぐに、深い雪の中に頭から突っ込んでいるのに気づいた。〝吹き溜りか〟と、頭を上げて見回したとき、ゴゴゴゴ……と、地底から響いてくるような微かな音を耳にした。

〝水が流れる音だ。そうか、ここがアベウンナイか〟咄嗟にそう気づいた沢造は、膝と肘を巧みに使い、雪の中を這うようにして対岸に上った。

「ここまで来たら、後はもうすぐだ」

今度は自分に言い聞かすように言って、再び山裾伝いに戻った。吹雪は、まったく弱まる気配がない。頬を突き刺すような風に顔を背《そむ》けつつ、沢造は俯いたまま、もう何も喋らずに歩き続けた。

やがて、沢造の行く手に、荒れ狂う白魔をも睥睨《へいげい》するかのように黒々と聳えたつ、エゾマツの大木が現われた。このエゾマツは、辺り一帯に生えているどのエゾマツの大木よりも、ずば抜けて大きく、遠く離れたところからも見えるので、沢造はいつも、これを目印にして歩いているのである。

この大木の根元から右手の急斜面を二十メートルも降ればメナシベツの本流に至り、その左岸の高台に、目指すイベツの山小屋がある。そして、小屋からほんの二十メートルほど下《しも》で、左岸の断崖を切り裂くようにイベツの沢が流れ込んでいる。

ようやく岸辺の高台に降り立った沢造は、小屋の戸口の雪を掻き捨てて中に入ると、ホッと一息つき、まずは荷物を床に下ろして火を焚いた。冷えきった手足を温めながら、ツマゴを脱ぎ、足に巻いたケットを外してみると、それはぐっしょりと濡れていた。小屋の中が温かくなって、やっと人心地が戻ったところで食事の仕度を始めた。薪も食料も、ここにはふんだんにある。ヒュウヒュウと鳴り続ける風の音を耳に留めつつ、沢造はもくもくと飯を喰った。

　こうして三日間、沢造を小屋の中に閉じ込めた猛吹雪も、四日目の未明になって風がピタリと止み、一気に終息した。

　その次の日、農屋の家に荷物を運び終えた沢造は、翌日には舟を仕立ててメナシベツから支流のトテウシ川まで遡った。そして、そこの川原に舟を繋留した後、トテウシ川沿いに三石川へ越えるルートを大峰まで辿り、大峰伝いにイベツの沢に下って、つい三日前まで吹雪で閉じ込められていた山小屋に再び入った。

　翌朝は早々にそこを発って再度ベツピリカイ川の小屋に入り、その日のうちに餌にするヤマウサギの罠を仕掛けて歩いた。次の日は、ペテカリ川とベツピリカイ川の一帯に、毛皮獣を捕獲するための各種の罠を仕掛けて回り、夕方近くにはイワナ沢に赴いて大岩魚《いわな》を五本摑み上げ、小屋に持ち帰った。

　沢造は、このベツピリカイ川の小屋に今度は五日間逗留し、前回よりも多くの毛皮を得て、六日目の夕刻にはすべてをイベツの小屋に運び下ろした。

　その翌朝、沢造は荷物を小屋に置いたまま、銃を持ってメナシベツの左岸を上り、アベウンナイの沢に入った。そして沢の詰めから左の急斜面を上って平地に出、そこで杭を三本つくってから静かに穴に近づいていった。

穴はダケカンバの根剝れのところに掘られてある。周辺は深い雪に包まれていたが、その位置を見紛うことはなかった。沢造は穴の傍らに立つと、持ってきた杭をその縁に刺し始めた。だが、いくら力を込めても、杭は一定の深さしか刺さらなかった。雪の下の土が完全に凍《しば》れているのだ。沢造はやむなく、三本の杭を穴の口に立て掛けたが、そのとき雪の一塊りが穴の中に転がり落ち、穴の内側を囲ってある落葉や笹の葉がみるまに崩れ、大きく息を吐いたような音がし、穴の中でチラッと動くものが目についた。沢造は素早く根剝れを回り込んでダケカンバの寝木に上り、銃を構えて下を見た。フーッと荒々しい鼻息が聞こえ、落葉が穴の外に噴き出され、立て掛けておいた杭が一本、ストンと穴の中に落ちたとたん、赤毛の羆が一気に外に飛び出した。

〝なんと、おっきい熊だべ〟沢造はその羆のあまりの大きさに息を呑んだ。

赤毛は、穴から飛び出してみたものの、穴の縁には襲うべき何者もおらず、勢いあまって雪の急斜面を辷り落ちていった。そして深い雪に突っ込んでやっと止まり、向きを変えると穴に向かって上り始めた。だが、雪が崩れて足をとられ、早足で上れないのに苛立ったらしく、今度は左に向きを変えて上りだした。そのとき赤毛は、沢造が寝木の上にいることにも銃口が自分の脇腹に向けられていることにも、まったく気づいていなかった。

急斜面の肩まで赤毛が辿りついたとき、ダーンと一発の銃声が上がった。不意をつかれた赤毛は、一瞬、その場に立ち止まって首をめぐらし、次の瞬間、沢造を睨んでウワーッと大きく吼え、前足を振り上げて立ち上がった。間髪を容《い》れず二発目の弾丸が飛び、狂ったように身悶えた赤毛の巨熊はアベウンナイの沢なりに下へ走りだした。

その姿を見送った沢造は、寝木から下りて急斜面の肩に立ち、沢の窪みに点々と続く血の跡を見届けてから、ゆっくりとした足取りで斜面を下りていった。

雪面に染みついた赤毛の血はドボッ、ドボッと塊りとなって落ちていた。弾が急所を衝いて致命的な痛手を与えたのは間違いない。赤毛は近くにいると見た沢造は、辺りの気配を窺いながら沢の詰めを降り、窪みに沿ってさらに下っていった。やがて前方に、山肌から突き出したような大岩があらわれた。その大岩の傍らを巻こうとして、沢造はハッとしたように立ち止まった。そしてすぐさま後ろへ戻ると、左手の斜面を少し上って、そのまま音もなく沢を下り、立ち木の蔭に身を隠しつつ、大岩の下側が見える位置に出た。岩に背を凭せかけて坐り込んでいる赤毛の姿が見えた。赤毛は緩慢に首を振りながら、脇腹から垂れ下がった内臓をしきりに舐めている。

沢造は立ち木の蔭に折り敷いて、赤毛の頭部に銃口を向け、静かに銃把を握った。銃声が沢間《あい》にとどろき、ややあって、小刻みに震えていた赤毛がドッと横ざまに倒れ臥した。

こうして、銀毛の縄張りを奪った赤毛は、束の間の安眠を破られ、沢造の手で黄《よ》泉《み》の国へと送られた。

沢造はその場で赤毛の皮を剝ぎ、肉を取ってイベツの小屋に運び下ろした。そして翌日から三日間を費して、すべての荷をトテウシ川の岸辺に担ぎ出し、舟で農屋の家まで運んだ。

この赤毛の巨熊は、それまで沢造が撃ちとった多数の熊のうちでも最大のものであったという。

3　猟師

熊が何かに襲いかかるときは、前足を振り上げて立ち上がる――これが熊の習性の中でも最大の欠点である、と清水沢造は言っていた。

かつて狩猟を生業《なりわい》としていたアイヌの人々は、この天のカムイから授けられた獣を狩るのに、昔は弓矢をもってしていた。熊が立ち上がったとき、一の矢で急所を衝《つ》くことができれば、それでもどうにか倒すことはできた。

しかし、羆は蝦夷地最大、最強の猛獣であり、それを殺獲する武器として弓矢はいかにも非力であったし、危険も大きかった。一の矢で急所を外したあげく羆に襲いかかられ、命を落とした人も少なくなかったといわれる。

そうした状況の中で彼らが苦心の末に作りだしたものに、ブシという毒薬があった。それは、ヘビノダイハチ（ヘビノタイマツ、またはマムシグサ）に含まれていた毒素と、ブシ（トリカブト）に含まれている毒素とを煮詰めて抽出した毒薬であったが、製法が人によって異なり、それゆえ、毒の回りに早い遅いがあったという。

抽出を終えた段階で、もう一つやらねばならぬ作業があった。それは毒の強弱、つまり効き目を試すことである。

ドロリと煮詰まった液体を、ほんの耳掻き一杯分ほど自らの舌の上に乗せ、じっと正座するのである。やがて、額に汗が噴き出し、顔面は蒼白となり、全身が小刻みに震えだす。この時点でマキリ（小刀）の刃を用いてその薬を刮《こそ》ぎ落とし、口を漱《すす》いでしまう。このように自分の体に現れる徴候をもって、毒の効き目ははっきりと確かめられるのである。

この液体を、十勝石（黒曜石）で作った矢尻に塗って、熊の体に射込むのだが、これまた当たりどころにより、毒の回りに早い遅いがあった。しかしブシを用いるようになってからは、獲物は確実に倒せたし、危険の度合いも低下した。

こうして、この毒薬を用いてのアマッポ猟はたちまちのうちに広まり、全道的に行なわれるようになったという。

ところが、明治の初め頃から猟銃が持ち込まれるようになって、アイヌの人々の中にも銃を使う者が増えてきた。彼らは、狩猟者としてそれを必要とするがゆえに、猟銃の取扱いにはきわめて精通し、大正から昭和にかけての沢造たちの時代になると、操作法に心を砕いて、一瞬でも早く正確に射撃できるよう、各々《おの》が鍛練をしたものであった。

なかでも「腰矯《こしだめ》」という、銃を腰のあたりに当てて発砲する技法に惹かれた沢造は、一年あまりの時間をかけて、あらゆる角度からの練習を重ね、ついにそれを己れのものとして完成させた。

沢造にはまた、熊の習性を知悉《ちしつ》する者だけが使える、得意の手があった。それは、走り寄ってくる熊に対して大声を発し、その熊を立ち上がらせる、というものである。立ち上がって襲いかかろうとする寸前に腰矯にした銃を発砲すれば、弾丸が熊に致命的な打撃を与える確度は増す。

「襲いかかってきた熊の前に立ち塞がって大声を張り上げれば、たいていの熊は立ち上がるものだ」と沢造は平然として語っていたが、それを聞いたとき私は、ある種の畏怖を覚えた。その言葉に私がおののいたのは、そのような技に恐れを抱いたからというよりも、猟を生業とする者の凄みを感じとったからに違いない。「たとえば……」と言って、沢造はこんな話を聞かせてくれた。

その日の朝早く、晩秋の冷気をついてメナシベツの清流を漕ぎ上ってゆく一艘の丸木舟があった。その舟には、清水沢造と従兄弟の清水松吉が乗り込んでいた。

川を上ってきた二人は、やがてトテウシ川の出合いに至り、そこの三角洲に舟を引き上げてロープで繫ぎとめてから、メナシベツの左岸を上り、大曲りの崩場《がればば》の先の、セタウシの大淵のところまで遡った。そして林の外れに簡素なチセ（小屋）を作り、その夜はそこに泊まることにした。

このペンケホカイ（上の平らに開けたところ、の意）には、セタウシ川という川が流れている。源をセタウシ山に発し、メナシベツに流れ込む小川であるが、その流れそのものは滅多なことで本流（メナシベツ）に繫がることはなかった。というのは、セタウシ川の川口は砂利が堆積して本流よりも高くなっており、流れてきた水がそこで伏流と化してしまうのである。

だが、大水が出たとき、とりわけ晩夏から初秋にかけて大雨で増水した折りには、その流れが地上で繫がって、本流を溯ってきた鱒たちが次々とセタウン川へ群がり上っていった。

ところが、鱒の行く手には滝があった。本流からわずか七十メートルほどのところに、落差五メートル余の直立した滝が立ちはだかっていた。あまつさえ、大雨が止めば流れはたちまち減水し、川口部の流れも断ち切られてしまう。かくして行く手を遮られ後退をも阻まれた大量の鱒が、滝下の八畳ほどの広さの壺と、そこから下《しも》に約五十メートルにわたって続くプールに、体を擦れ合うほどに群がることになる。それを、羆たちが見逃がすはずはなかった。

ここに鱒取りにくる熊のなかには、雄熊のボスに率いられたグループから、たった一頭で現われるはぐれ者までいて、それらが夕まずめから朝まで、時には昼日中から競って鱒を漁《あさ》るのであるから、その騒ぎようは大変なものであった。

さて、その日ペンケホカイのチセに泊った沢造と松吉は、翌朝早く腹拵えをすませ、大曲りの崩場を上っていった。そうして三石川とメナシベツとの分水嶺に立ち、しばらく辺りの気配を窺っていたが、そのまま嶺を越えて三石川の本流を下り、左岸に入り込む水の流れていない丘沢を上って、その右側の高さ五メートルあまりの急斜面を斜めに上り詰めた。

一帯は、見渡す限り闊葉樹の原生林で、なかでもミズナラの巨木が枝を接するほどに立ち並んでいた。さらに、緩やかな斜面には種々の雑木が生えていて、それらの木にはヤマブドウ、コクワ（サルナシ）の蔓が絡まり、熟しきった実が枝をたわめるほどに生《な》っていた。もちろん、ミズナラやイシナラにはドングリが沢山ついていたし、小木にも真っ赤に色づいたゾミ、赤黒く熟したアカワンやシュウリの実がついていた。

ここは、冬眠を間近に控えた羆たちにとっては絶好の採餌場であった。そのことを、沢造は何年も前から知っていた。

沢造と松吉がはるばる嶺を越えてやってきたのは、ここでならどうにか仔熊を一頭、生け捕りにできるだろうと考えたからである。それというのも、二人が住む農《の》屋《や》のコタンでは、五年ごとに行なわれる熊祭りがあと二年後に迫ったというのに、カムイに捧げる送りの熊をどの家にも飼育していなかった。そこで、コタンの長《おさ》に仔熊の生け捕りを頼まれた沢造は、従兄弟の松吉を伴って、かねて目星をつけていたこの原生林に足を運んでみたのである。

二人は、一歩一歩に細心の注意を払い、立ち木に身を潜ませながら熊の採餌場に近づいていった。すると突然、ガウーッと一声、右手の方で熊の吼え声がして、二頭の仔熊が走ってきた。だが、二頭ともこの秋に親と離れたか、あるいはこれから離れるかと思われるほどの体格で、生け捕りにするにはいささか大きすぎる。〝どうしようか〟と、二人が顔を見合わせたとき、ワウッワウッとふざけあっていた仔熊が、傍らのイタヤの木に登り始めた。

少し斜幹《しやかん》気味に立っているその木には、太いコクワの蔓が絡まっていて、ちょうど熟した実が鈴生《な》りになっている。仔熊はそのあたりまで上ると、蔓を引っ張って貪るように喰いだした。

その有様を見上げていた沢造の脇腹を、松吉が小突いた。そっと振り向いた沢造は、松吉の視線の先に目をやった。

やや離れたところに太いシナの木が生えていて、地上三メートルあまりの高さで枝を四方に拡げ、その木に絡んだヤマブドウの蔓が枝の上を覆って、こんもりと盛り上がっている。そこに、いつのまに上っていたのか、仔熊の親と思われる銀毛の羆がいて、さかんにブドウの実を食べているのだ。

小さく頷きあった二人は、ただちに村田銃に実弾を込め、立ち木の蔭を伝って銀毛に近づき、沢造が心臓、松吉が耳に狙《そ》点を定めた。「よし」と、低く沢造が合図した直後、ダ、ダーンと二発の銃声が上がり、原生林の山襞に木霊《こだま》した。ウオーッと、腹の底まで響きわたるような吼え声がして、さっき仔熊が走り出た辺りに、頭から背にかけて金色に輝く一頭の羆が躍り出た。

イタヤの木に上っていた二頭の仔熊は、銃声が上がると同時に木から転《ころ》がり落ち、いずこかに走り去っていた。

走り出た金毛はしかし、沢造たちの姿を見つけることができなかった。いや、それよりも、この金毛こそ走り去った仔熊たちの親だったのであろう、姿の見えない仔熊の安否を気遣うように、金毛はうろうろと辺りを見回し始めた。

沢造は大木の後ろを伝って金毛に迫り、その距離を二十メートルに詰めた。すぐ手前に一本のミズナラの大木があり、その後ろまで忍び寄った沢造は、銃口を先に木の前面に走り出た。

気配を察知した金毛は真面《まとも》に沢造と向き合い、背中の毛を逆立てて突進した。約十メートルまで接近したとき、沢造が「ウワーッ」と大声で叫んだ。その声ではっと金毛は立ち止まり、目前に迫った沢造に襲いかかるべく前足を振り上げて立ち上がった。ウオーッと大きく吼えて、一っ跳びしようとした一瞬、沢造の腰矯にした銃から一条の火箭《ひや》が走った。

跳び上がろうとした体勢のまま、金毛の躰は大きく揺らぎ、その場にどっと頽《くずお》れた。ワウーッ、ワウーッとわめきながら、金毛は前足だけで這いずり回った。その有様を見る沢造の目は、冷たく研《と》ぎ澄まされていた。

この撃ち方は、初めから心臓を狙うのではなく、熊が前足を振り上げた瞬間に下腹の臍《へそ》の辺りを狙って第一弾を打ち込み、腰の骨を砕いて後足を立たなくさせることに主眼を置いたものだ、と沢造は言っていた。つまり、前足だけで暴れる結果、熊の胆《い》（胆嚢）が肥大し、その分だけ高く売れるのだ、と。

「沢造、もういいべよ。そろそろ楽にしてやるべや」

後ろに立っていた松吉がそう言って銃を肩付けし、沢造が頷くのを見て発砲した。

金毛がゆっくりと倒れ臥すのを目にしてホッと顔を見合わせた二人が、先に撃ちとった銀毛の方に近づいたとき、前方の緩斜面からさらに一頭の羆が走り下ってきた。素早くナラの大木に体を隠した二人は、急いで銃に実弾を込め、その熊の動きを見つめた。

三十メートルあまりに近寄った熊は、そこで立ち止まると、高鼻を使って周囲の臭いを探り、気配を窺っていたが、やがてのっそりと歩きだし、すでに息絶えている金毛の側《そば》にやってきて、しばらくその臭いを嗅ぎ回り、そこに坐り込んでしまった。

その熊は、全身を黒々とした毛で覆われた、巨大な雄《おす》の羆で、北海道に棲息する羆としては珍しく、胸にV字型の月の輪をもっていた。

沢造はこの巨熊《おおくま》に三度出会っていた。そして、この熊がセタウシ山を根城に、三石川の奥からメナシベツの左岸一帯にかけての広大な原生林を縄張りとしてもつボスであることも知っていた。

初めて出会ったのは五年前、二度目は三年前、三度目は去年のことであった。前二回はいずれも、メナシベツ右岸に流れ込む鱒取り川で、この熊が鱒を漁っていたときである。去年は、沢造がペンケホカイのチセに泊まった際、夕方から降りだした雨でセタウシ川が増水し、滝壺からその下のプールにかけて大量の鱒が溢れたが、それを漁りに、この巨熊と金毛、そして金毛が連れ歩く小さな二頭の仔熊が来ていた。このときはまた、雌熊である銀毛も、間もなく親と離れると思われる一頭の仔熊を連れてきて、さかんに鱒を捕らえていた。

コタンの長に仔熊の生け捕りを頼まれたとき、沢造はすぐに、金毛が連れていた二頭の仔熊を思い浮かべ、彼らの採餌場であるこの山に目をつけたのであった。

いま、その巨熊と沢造との距離は二十メートルに接近していた。巨熊は倒れた金毛を愛《いと》おしむように、その傍らに坐り込み、動こうとはしなかった。

そのとき、大木の蔭から銃を構えた沢造が飛び出し、熊に向かって走りながら、

「おい、かかってこい！」

と叫んだ。それに釣られたように巨熊はパッと立ち上がり、ウオーッと一声、威嚇の声を上げた。すでに互いの距離は五、六メートルに詰まり、沢造はそこでまた、

「ほーっ」

と鋭く声を張り上げた。その声に応《こた》えて巨熊が再び立ち上がったとき、一発の銃声が上がって、立ち木の後ろに回った沢造の横を黒い巨体が風を巻いて通り過ぎ、ドンと鈍い音を発して、もんどりうって引っくり返った。さっき沢造が身を隠していた大木に、巨熊が激しく打ち当たったのである。

腰骨を砕かれた巨熊は、立ち上がろうとして闇雲にもがき、銃を構えた沢造が近づいてくると、前足だけを使ってにじり寄ったが、足腰がままならぬもどかしさに業を煮やしたのか、身近の小柴に噛みついてバリバリと折り砕いてしまった。沢造

は即座に、止めの一発を心臓に送った。

二人が、撃ちとった三頭の熊の処理に取りかかろうとして、手始めに銀毛のところに歩み寄ったとき、クーン、クーンと犬が鳴くような声がした。不審に思いながら銀毛の傍らに行ってみると、なんと、そこに小さな二頭の仔熊がいて、地面に横たわった銀毛の乳房に縋《すが》りついているのである。

持参した布袋にその仔熊を入れ、木の枝に吊るしてから、大急ぎで熊の解体を始めた。そうして三頭すべての処理を終えたときには、すでに陽は西へ傾き、山肌には晩秋の冷気がまつわりついていた。今夜はここに泊ることにした。

明くる日、沢造と松吉は大きな荷を背にして、三石川上流とトテウシ川との間を三度も往復した。全部の荷を運び終えたときは、まだ夕刻にやや間があったが、暗くなってからの川下りにはどんな危険が伴うか分からず、安全を期した二人は、もう一晩、トテウシの川原に火を焚いて泊まった。連れてきた仔熊は、銀毛の皮に包んでやると、声を立てなくなり、やがておとなしく眠りについたように見受けられた。

翌朝、丸木舟を漕いでメナシベツを下った二人は昼前には農屋に戻りついた。そしてコタンの長に仔熊を届け、無事、役目を果たしたのであった。

ここまで語り終えた沢造は、ひと呼吸おいて、さらに言葉を継いだ。――あのとき、巨熊が自身の危険をかえりみずに金毛のところに走り寄ったのは、たぶん、二頭の仔熊を追い払った金毛とともに発情をしていたからであろう。そうでなければ、危険を承知で熊が自分からそんなところに近づくはずがない。しかし俺は猟師だから、獲物に同情はしない。ましてや、熊に対しては下手《へた》な哀れみの心を持つと、自分がやられてしまうのだ――。そのとき私は、沢造の揺るぎない眼差しに冷厳な戒めを見ていた。

Ⅳ 流転

1　暗い春

歳月はまたたくまに過ぎ去り、この八年あまりにわたって私たち一家の生活を支えてくれた田中の沢の木炭山も、いよいよ切り上げの時を迎えようとしていた。

昭和十一年の晩秋には岸と藤島が去り、従兄の金七さんも行ってしまった。そして最後まで残っていた伊藤の叔父も、十一月の末には鳧舞《けりまい》の石灰山に職を得て離山した。

父は、次の山を買入れるべく毎日のように外出し、後に残った私は、友人や暇になった農家の人たちの手を借りて、残木整理をするために薪《まき》造りを始めた。

こうしてその年も淋しく暮れ、気の抜けたような正月も過ぎ、三月の末には薪の搬出を終えて、山にはもう私が手がけるべき仕事は皆無となった。父の外出はしだいに長びくようになり、三日から一週間も不在の日が続いて、帰宅するやいなや、すぐにまた出かけていった。

家の倉庫には黒石米や朝鮮米が三十俵以上も積んであったし、味噌や醬油も樽のままで在庫してあったので、食べる物に不自由をすることはなかったけれど、先行きへの不安が重くのしかかって、家族の誰もが言葉少なに日々をやりすごしていた。

そうした中で、四月に浦河の小学校で兵隊検査が施行され、二十一歳になった私はそれを受けにいって第一乙種に認定されて戻ってきた。

五月の上旬、外出から戻ってきた父が私に、

「まだ次の山が入手できないから、お前はみんなを連れて亀松のところに行け。準備をしておくようにと言ってきたからな」

と言った。亀松というのは母の弟で、空知の新歌志内の炭礦に勤めていた。この亀松叔父を頼って、しばらく炭礦で働き、弟妹の世話をしてくれと父は言うのである。父の言葉に従うしか私には途《みち》がなかった。

五月十三日、私たちは想い出多い田中の沢と咲梅川に別れを告げて、新歌志内へと旅立った。

住友石炭鉱業株式会社歌志内礦業所新歌志内礦という長い名前の会社に、私は臨時夫として初めて勤めることになったが、この石炭山に着いた日、しばし音信の途絶えていた長兄が、すでにそこで採用されて働いていたのには驚いた。

それから一年にも満たない昭和十三年の四月、兄は坑内で係員を殴り、それがために不都合解雇となってその日のうちに山を去った。兄には親や兄弟の面倒をみる気はさらさらないことを知っていたので、それを聞いたとき私は、ただ来るべきものが来たと受けとめた。

兄が去ったためにさしあたり困ったのは、物品の購入に支障をきたしたことであった。当時の新歌志内礦には「帰り伝票」という制度があって、本採用の坑夫は皆、その日の働き高を記入した伝票を終業時に持ち帰り、その金額の八割以内で物品を買い入れ、生活をしていたのであるが、臨時夫の私にはその帰り伝票が渡されず、すべて現金買いをしなければならなかった。

私が臨時夫となったのは、父が次の木炭山を手配するまでの繋ぎとしてこの炭礦で働くつもりであったからだが、こうした事情からやむなく、会社に本採用を願い出ることにした。しかし私は、申し出たその場で採用係のT氏ににべもなく不採用と決めつけられた。兄の不都合解雇がその理由であった。

〝どうしようか〟と思いながら事務所を出たところで、労務係長の谷内さんと擦れ違った。挨拶をして通り過ぎようとしたとき、

「ああ、今野君か。そろそろ始める時季になったぞ、どうだ調子は」

と、谷内さんは気軽に声を掛けてくれた。

当時、谷内係長はスポーツ部の部長をやっていた。私は臨時夫ではあったが、新歌志内礦の陸上部に正選手として所属し、八百、千五百の中距離走者として、オール歌志内ではいつもトップのほうにいた。谷内さんはこのとき、陸上の練習をしているかと私に尋ねたのである。

「どうした？　元気がないぞ」

私の気落ちした表情を目ざとく見抜いたらしく、谷内さんが改まった声で聞いた。私は思いきって一部始終を打ち明けた。

「なんだ、そんなこと。よし、俺にまかせておけ」

谷内さんは、そう言って私を励ましてくれた。そして、当時礦務主任をしていた藤田亀松叔父と相談し、二人が保証人となったことにより、私の本採用が決定した。昭和十三年の五月十五日のことであった。

時を同じゅうして、父が私のところへきて一緒に生活をするようになった。木炭山の購入が不調に終わり、入手を諦めざるをえなくなったのである。

父は、ウインチェスター四〇一のライフル銃と村田銃の二十八番の二挺の猟銃を持ってきた。私が愛用していたグリナーの二十四番は、父が山で持ち歩いていた際、高い崖から落として銃身を狂わせてしまったので、廃銃にしたのだという。

もっとも、家族みんなの生活の糧を得なければならない私には、猟銃を持って山歩きをしている暇はなかった。

翌十四年の六月二十五日、オール歌志内の陸上競技選手権大会の千五百メートルに優勝した私は、次はオール空知大会に出場することが決まって、喜び勇んで帰宅した。だが、そこに待っていたのは「七月一日に入隊せよ」という赤紙、すなわち召集令状であった。

一カ月の教育召集の後、引き続き臨時召集となってただちに戦場へ送られた。北支（中国東北部）の戦線からノモンハンへ、そして最後は牡丹江まで連れてゆかれたが、極寒の十二月二十五日、思いがけない部隊凱施の命によってこの地を後にした。帰還途中、広島で昭和十五年の新年を迎え、一月十五日に旭川で除隊解散、その日の昼過ぎには炭坑《やま》に戻った。

翌昭和十六年の一月には、次兄・忠劼《ただかつ》も同じ北支の戦線から私のところに戻り、一緒に炭坑で働くようになった。

　同年十月一日、私は礦務係員の見習いを命ぜられ、十七年一月一日からは正式の助手として一人立ちし、発破係員の辞令を交付された。また、その六カ月後には坑内保安係員の辞令をも受け、仕事のみに邁進する日々が続いた。

　しかし、十六年十二月八日に火蓋を切った太平洋戦争は、その後ますます熾烈をきわめた模様で、私たちの勤務時間はしばしば、一日十二時間から十五時間に延長された。公休日は毎月一日と十五日の二日間だけであったが、その休日ですら保安巡回のために出勤しなければならぬことが多く、体を休めるいとまもない有様であった。そんな過酷な勤務状態にありながらも、私たちはひたすら生産第一に現場を運営し、無事故で切り羽の進行につとめていた。

　昭和二十年三月三十一日の夕刻、それまで事務所で礦務の事務をとっていた女性が、嫁として私のところにやってきた。私はそのとき二十九歳、家内は二十四歳であった。明日の四月一日が休みということで、その前日、仕事を終えてから結婚式を挙げたのである。

　その日から半年も経たぬ八月十五日、坑内電話によって私たちに敗戦の報がもたらされた。炭坑《やま》は悄然として打ち沈み、私の胸を言葉にならぬ感慨が吹き抜けていった。

2　睨み合い

終戦直後、炭坑は人事をめぐる軋轢で一時混乱したが、坑員に労働組合が、係員には職員組合が結成されるに至って、平静を取り戻した。また、三交代制が実施され、誰もが一応は体を休めることができるようになった。

そんなある日の午後、私は妹の敏子とその義妹・千枝子の二人を連れて、久しぶりに山に椎茸を採りにいった。

二人を峰に待たせておいてヒラマエを下り、ナラの倒木のところに行ってみると、幹のほうには出ておらず、先端の細い枝のあたりに取り頃の茸が少し出ているだけであった。それを取ってから峰に戻るつもりで幹の上にのぼったとき、フーッと異様な気配を感じた。何かに自分の姿を見られているような、不気味な感覚である。〝熊がいる。どこだろう〟目には見えないが、確かに熊が近くにいる、と自分の体が教えてくれている。それは、もう何年も打っ遣《ちゃ》っていた感覚であるが、間違いはなかった。

山で熊に出会ったとき、もっとも困惑するのはこのような場合である。こちらが先に見つけたときは対処がしやすいのだが、どこからともなく見詰められていると思うと、不安がつのり身動きがとれなくなるのだ。

〝背後の峰の方には敏子と千枝子がいる。もし後ろだったら、二人はなにかを言うはずだ。それにしても、この感じだと、かなり近いぞ〟私は倒木の上にしゃがんで、ポケットからおもむろに煙草を出し、火をつけた。そして深く吸い込んでからゆっくりと煙を吐き出しつつ、倒木の先から右の方へ徐々に視線を移していった。〝いたっ〟二十メートルほど右下に小柴の一叢《むら》があり、その繁みの手前に一頭の羆が坐って、じっとこちらを見詰めていた。その辺りは木立ちが密生して薄暗がりとなっていたため、よくよく目を凝らさなければ気づかないのだ。

「兄さん、椎茸でているの。私も行っていいかい？」

と言って敏子が、熊に気づかぬまま斜面を下ってきた様子だ。〃目を離したら、どうなるか。襲ってくるだろうか〃と案じて、私は熊の顔に目を据えていた。

「兄さん、どうしたの」

倒木の根元あたりから敏子の声がした。さらに下ってこようとしている。私は、そっと左手を後ろに回し、〃早く反対側の沢に下れ〃と合図した。

「どうしたの兄さん、何かいるの」

またもや敏子の声がし、続いて一緒に下ってきたらしい千枝子までが、

「おじちゃん、キノコ出ているの。あたしにもとらせて」

と言った。私はなお一層激しく手を振り、合図を送った。物心のついた頃から山で育った敏子は、私の仕種からすぐに異状を察したらしい。

「千枝ちゃん、早くおいで」

という低く押し殺したような声がして、斜面を走り上ってゆく足音と、敏子に手を引かれているらしい千枝子の、

「お姉ちゃん、どうしたの。おじちゃんをおいてくの」

という稚《いとけ》ない声がした。

やがて、二人の足音や声が消え、辺りは急に静まり返った。熊は一向に動く気配もない。私は目を離さぬまま、二本目の煙草を取り出して火をつけ、フーッと一気に煙を噴き出してみた。熊の表情には何ひとつ変化がなかった。

内心では、途方にくれていた。今日は山歩きというほどのことではないと思いなして、刺刀も腰鉈も持たずにきてしまい、身を護るべき道具は何一つなかった。しかも、熊のほうが動かぬ以上、こちらには打つ手もないと思われた。

もう夕方が近いはずであった。暗くなれば、むろんこちらが不利だ。〝いつまでも、こいつと睨めっこしてはいられない〟私は意を決して倒木の上に立ち上がり、

「おい、いつまでそこにいるつもりだ」

と、熊を見据えて言った。すると、熊はのっそりと立ち上がり、伏し目がちに私を見た。暗がりに蹲《うずくま》っていたときには、よくは判らなかったが、それはあまり大きくない若熊のようであった。だが、そんな若い熊ほど気をつけろ、と私は子供の頃から聞いていた。とりわけ、清水沢造をはじめとするアイヌの人たちには、そのことを詳しく繰り返し教えられた。若熊は最初は面白半分にふざけてかかってくるが、人間のほうが恐怖のあまり逃げまどうため、ついには大事に至るものだ、そんなと

きは落ち着いて、熊から目を逸らさないようにしろ、と。

立ち上がった熊は、こちらを振り返りつつ歩きだした。少し行っては立ち止まり、こちらを見てはまた歩きだす。そうやって何となく立ち去りがたい仕種を見せながら、山の上に上っていった。熊の姿が完全に見えなくなるのを見届けてから、私は峰に上って下の沢に下った。炭坑の事務所が望まれる、沢の幅が広くなったところに、手を取り合って佇む敏子と千枝子の姿が見えた。


明くる昭和二十一年は、食糧事情が極度に悪化し、炭坑《やま》の人々はこぞって畑を耕しては何がしかの作物を育て、それを腹の足しにしていた。私のところでも、戦時中から山の荒れ地に切り開いていた畑をさらに拡げ、五反（約五〇アール）ほどの土地に、主食に近い麦や稲黍《いなきび》のほか、唐黍《とうきび》、カボチャ、馬鈴薯、各種野菜類などを作っていた。誰もが暇をみては畑仕事に精を出し、食料を確保するのに懸命であった。

その年も夏になり、私は休日のすべてを費やして荒れ地の開墾に汗を流していた。この七月に入ってようやく畑に仕上がり、そこに漬物用の大根の種を蒔きつけた。この畑仕事が一段落したら久しぶりに渓流釣りに出かけようと思っていたので、私は早速、下旬の土曜に休暇をとることにした。

どの川へ行こうかと、地図を出して検討してみたが、土曜日曜の二日間で往復できるところとなると、目ぼしい釣り場はほとんど除外されてしまう。ふくらんでいた期待が急に萎《しぼ》むような心地がしたが、そのときふと思い出したのが、もう何年も前に、私の先山《さきやま》（炭坑の先輩）であった関井巌氏と雪代《ゆきしろ》ヤマベを釣りに行ったことのある惣富地《そっち》川（徳富《とっぷ》川支流）であった。この川の左に入る枝沢に、砂金川というイワナの濃い清流がある。ここなら歌志内から近い。

当時六十四歳になっていた父は、初めは一緒に行くと言っていたが、釣行の日が近づくにつれて大儀になったらしく、止めると言いだした。私は一人で行くことにして、出発の前日に準備を整えた。ところが、今度は弟が連れていってくれと言いだし、結局は二人で行くことになった。

土曜日は朝早くに山を下り、神威《かもい》の駅から汽車に乗って砂川に出、町外れの釣り具店で弟のために継ぎ竿を一本買ってから、渡船で石狩川を越えて菊水町に入った。そこの農道から五号線沢に沿ってピンネシリ山への登山道路を上り詰めれば、目指す砂金川は間近である。

二人は頂き近くまで一気に上り、針葉樹と闊葉樹《かつようじゅ》の立ち並ぶ混生林の中を峰伝いに左回りに少し進んでから、ひときわ太いナラの大木の根方に寄って一息入れた。

そのとき、行く手の分水嶺と思われる辺りでチラッと動いたものが目についた。〝あれっ、誰かいる。釣り人か、それとも登山者かな〟と思いながら目を凝らしていると、その人影らしきものは道なりにこちらへ向かい、木立ちのやや開けたところに出てきた。〝熊だっ〟まだ距離は百メートルほどある。私は急いで弟を促してナラの木の蔭に回った。幸いにも、すぐ側にカエデの木があって、五、六メートルの高さで隣りのナラの横枝と交差している。そこまで弟を登らせてから再び熊の方に目をやると、熊はやはり、ゆっくりとした足取りでこちらへ向かっている。

私は姿を隠したまま、「エヘン」と大きく空咳を送ってやった。すると、熊は急に足を停め、顔を上げてこちらを見た。そうしてしばらく前方の様子を窺っていたが、そこから動きだす気配はなかった。「エヘン、エヘン」と続けて、前よりも大袈裟に空咳を送ってやった。こちらの姿を捉えられぬのが腹立たしいのか、熊は前足で地べたを引っ掻き、やがて前進を諦めたらしく、右手の五号線沢へ降りていって見えなくなった。

姿勢を低くして、熊が降りていったヒラマエを木蔭から覗いてみた。なんと、熊は沢へ下ったのではなく、峰に沿って、私のいる道の下の急斜面を横断しようとしているのであった。

足元に、ひと抱えほどもある大石があった。それは明らかに浮石の状態にあって、もうひと転《ころ》がしすれば斜面に落下しそうに見えた。

熊が真下に来たとき、私は「おーい」と一声、呼びかけてやった。こちらを振り仰いで足を停めた熊は、立ち上がりざまに傍らの木を叩き、ワウーッと低く、くぐもるような唸りを発して急斜面を五メートルほど駈け上がったが、そこでふっと立ち止まり、斜面に坐り込んで高鼻を使いながら、こちらの様子を探り始めた。

静かに地面に腰を下ろした私は、立ち木に背中を当て、浮石に足を掛けて力まかせにそれを押し出した。グラッと動いた大石はゆっくりと転がりだし、一転、二転、三転目でようやく急斜面の肩に達した。〝止まるなっ〟と声に出さずに叫んだとき、それはゴロリとひと転がりして、たちまち視野から消え、ドスン、ガラガラドスンと立ち木に打ち当たっては大きな音をたてつつ熊の真上に落下していった。

熊は、大石が転がり出たときは、何か不思議なものでも見るように立ち上がって眺めていたが、それが音をたてつつ凄まじい勢いで向かってくるや、一瞬うろうろしてからパッと身をひるがえし、下へ走りだした。その跡をまた石が追い、ドスンと音がして、熊は慌てて進路を斜めに変え、五号線沢のカッチに向かって跳んでいった。

熊の姿が原生林の中に消え入るのを見届けてから、二人はまた砂金川への道を辿り始めた。

この惣富地川の本支流からピンネシリ山にかけての一帯は、きわめてヒグマの多いところであったが、渓流の奥へ行けばイワナの大物が釣れたので、私はその後もしばしばオートバイを走らせて、この川を訪れたものである。

3　炭坑《やま》の熊騒動

終戦から四年あまり経った年の秋、神威より新歌志内に至る山道の、峠を過ぎた辺りから門衛に至る間で熊が現われ、道ゆく人を困らせている、との知らせが入った。

つい昨日も、この峠道を歩いて帰ってきた人が九十九折《つづら》りの半ばまで来たとき、三つほど先のカーブに、道なりに歩いてくる熊の姿を認めた。驚いたその人は、慌てて左側の山に駈け上がり、峰伝いに刈られた火防線に出てから一気に小山をひとつ越して、守衛がいる労務詰所に下り、息を弾ませながら急を告げたという。

しかし、その後から同じ峠道を帰ってきた人は、熊は西山の沢に下っていったと言い、その次に帰ってきた人は、火防線を越えて桜沢の方に向かっていったと報告した。父や私に伝えられた情報は、どれも不確かで、まちまちであった。

この年の四月初め、新歌志内から上滝に越える山道に熊が現われ、父と二人でその熊を追跡して、あと一歩のところで逃がしたことがあった。あるいは、その熊がまた姿を現わしたのかもしれない。

　翌日はちょうど日曜で、父と私は朝早くに山回りに出た。父はライフル銃を持ち、私は大きな袋を二つ持った。確かにいるという保証のない熊を捜すより、この時季なら確実に発生している舞茸を採取しよう、というのが第一の狙いであった。

　私たちが目当てにした場所は、戦時中から終戦後にかけての食糧難の時代に、稲黍や麦を作付けするため寸暇をも利用して荒れ地を耕したところである。そこは、官林であるという理由で耕作を差し止められて以来、三年あまり経って、今では雑草が一面に生い繁っている。

　その畑の跡近くに、同じ根から生えたオニグルミの木が二本立っており、そこから二メートルほど離れたところに、同じオニグルミの切り株がある。この二本の木と根株の周りに、毎年のように舞茸が発生するのである。クルミの木に舞茸が発生するのは非常に珍しく、ここより他では見たことがない。

　畑跡から下へ降り、オニグルミの木に近づいてみると、その根元から切り株にかけて、舞茸が列をなして発生していた。思わず顔を綻ばせた二人は、辺りの雑草を刈り払って、それを丹念に採り進み、持参の袋に入れた。そして火防線に上って近くの藪の中にその袋を隠し、身を軽くしてから昨日熊が越えていったという峰に足を運んでみた。

そこに来てみると、確かに、落葉がめくれていて、熊がそこから下の沢に降りていったとみられる形跡があった。そこは桜沢の支流で、私たちが十八号の沢と呼んでいた小沢であった。その小沢のカッチに来たとき、二人はハッとして顔を見合わせた。三メートルあまりの急坂に、たった今、熊が辷り降りたと思われる跡が付いていた。この付近で昨日の夜を過ごした熊が、今朝、近くに人の気配を感じて急いで下《しも》の方へ移動したらしい。二人はただちにその足跡を追った。

十八号の沢をしばらく下っていったとき、「オーイ、オーイ」と叫ぶ人の声がした。その声はどうやら頭上から降ってくるらしく、沢間《あい》の空を振り仰ぐと、索道の搬器が移動してゆくのが見えた。今日は休日なのだが、新歌志内から神威まで続く索道全線の点検補修のため何名かの担当者が出勤しており、その中の誰かが搬器に乗って、十九号の詰所と連絡をとるべく大声で呼びかけているものと思われた。

熊の足跡は、十八号の沢の途中で右の斜面に上り、そこを越して桜沢の本流に出、沢なりにしばらく遡ってから、右手の索道と並行する送電線の刈り分けを上っていた。その先には、十九号の詰所がある。

二人が刈り分けに出て、さらに足跡を辿っていったとき、前方の十九号のヤグラと詰所の間に黒い熊の姿が見えた。ここからは約百メートル、父のライフル銃なら充分に届く距離だ。

だが、万一のことを考えたのであろう、父の動きに一瞬の躊躇《ためらい》が見られた。それから急いで銃を肩付けしたときには、熊は詰所の角を回って、二人の視野から消えてしまった。

刈り分けの急坂を上って詰所に行ってみると、出勤していた人たちはすでに全員が引き上げた後で、熊の姿はむろんなく、その足跡だけが建物の周囲に残されていた。

熊は大峰伝いに歌志内の方へ向かったものと見受けられた。私たちは峰なりに続く足跡をしばらく追ってみたが、熊の姿はまったく捉えられなかった。山肌は小笹からクマ笹に変わって、歩きづらい上に見通しも悪くなり、これ以上の深追いは不利と判断して引き返すことにした。

火防線に戻って舞茸の袋を藪から取り出し、それを背負って夕方近くに帰宅すると、労務主任をしている叔父の藤田亀松が来ていて、母と話をしているところであった。

叔父は、十九号の詰所に熊が出たとの連絡を受けて、一度、家《うち》に知らせにきたが、そのときは留守であったという。今までその熊を二人で追っていたのだ、と私は話してやった。

叔父が語った事の顚末は、次のようなものであった。

――神威の出張所まで全線の点検に行っていた斉藤主任は、搬器に乗って帰る途中、十八号のヤグラを少し過ぎたところで、沢伝いに歩いている熊の姿を見つけた。〝あっ、熊が十九号の詰所に向かっているぞ〟と見てとった斉藤さんは、十九号の詰所にいる人に一刻も早く知らせねばと思って「オーイ、オーイ」と大声で呼びかけた。

詰所にいた修理工がその声に気づいて外に出てみると、搬器の中で斉藤さんが大きく手を振って沢を指差している。〝何か異状がある〟と察した修理工は、ただちに十九号のヤグラに上って沢を見下ろした。刈り分けに出た熊がのそりのそりと急斜面を上ってくるのが見えた。驚いた修理工はすぐさま他の二人の修理工に急を知らせた。詰所に施錠をするやいなや、三人は慌ててヤグラに上り、斉藤さんの搬器に一人が、他の搬器に二人が乗って元山に向けて発進した。熊は、彼らが搬器に乗り込んだときには、もう眼下に迫ってきていたという――。

私たちが十八号の沢を下っていたとき、斉藤さんが「オーイ」とだけでなく「熊が――」と一言でもいってくれていたなら、その後の展開は少なからず違っていたのに、と惜しまれてならなかった。

その二日後、峰続きの山で一頭の熊が歌志内のハンターによって射殺された。それ以降、熊が出没したという話が途絶えたところをみると、父と私が追跡したのは、どうやらその熊であったようだ。

4 離散

青天の霹靂《へきれき》とは、このことであった。

昭和二十八年の春、「会社の方針に依って閉山をする」との命が突然、新歌志内礦に下された。私が炭礦で働くようになってから、すでに十六年の星霜を数えていたが、炭坑《やま》が閉山するなどといったことはまったくの初耳であった。この炭坑《やま》に住み、働く誰にとっても、それは思いもよらぬ事態であった。

しかし、この会社の一方的な決定にたいする職、労両組合の反対はなく、会社の思惑通りの手順で閉山劇は進められていった。

その後、石炭の需要低下と不況の波をかぶって道内の各炭礦が次々と閉山に追い込まれてゆくことになるが、新歌志内礦の閉山はまさしくその嚆矢となった。

希望退職者がいっせいに募られ、進退去就を決しかねて苦しむ人を数多く見かけるようになった。一山一家と言われたほど親しかった人たちが、ちりぢりの別離に直面して迷い悩むのは無理からぬ成り行きであった。

今日は二人、明日は三人と、退職を申し出た人たちは後ろ髪を引かれるように山を離れてゆき、それを見送る人々の心も不安と切なさの狭間で揺れ動いていた。

退職を受け入れなかった人たちを待ちかまえていたのは、配置転換であった。道内の住友五山、すなわち赤平《あかひら》礦、歌志内礦、奔別《ぽんべつ》礦、弥生礦、奈井江礦へと、多くの人が連日、続々と転出していった。身近なところでは、次兄が赤平礦へ、弟は歌志内礦へ行き、妹の敏子は夫の松久邦臣の希望退職に従って千葉市へ移転していった。

職員の中にも炭礦に見切りをつけて希望退職に応じ、離山した人が幾人かはいたが、残った大半の職員は、それぞれが希望した五山のうちのいずれかに転勤した。そして私は、残務整理の主要部分を担当していた関係で最後まで山に残され、転勤先が決まらぬまま不安のうちに日々をやり過ごしていたが、八月末近くになって坑内斜坑の水没が終わり、本坑坑口の密閉が済んだ時点で赤平礦への転勤を命ぜられた。私が希望したのは奔別礦であったが、「会社の都合」ということで、それは認められなかった。

こうして月末の三十日には慌ただしく赤平礦へ転出したが、その日、人影の消えた炭坑《やま》のあちこちの佇まいに目を向けながら、私は、時代の移り変わりと時の流れの非情さを瞼に焼きつけていた。

5　熊ニモ負ケズ

赤平礦から新歌志内礦までは、十二キロあまりの近距離である。だから転勤後も、山菜や茸を採ろうと思うと、どうしても勝手知ったる新歌志内の山へと足が向いた。

その年も九月の末となり、ようやく新しい職場と住まいに馴染んだ頃、次兄・忠劼に誘われて新歌志内の山へ舞茸を探りに出かけた。兄の先山である小松さんも一緒であった。

私はオートバイ、あとの二人は自転車に乗って神威まで行き、新歌志内への登り口にある花屋という飲食店に乗り物を預けて、朝のひんやりした空気を吸いながら山へ登った。

目的地は、三角点から流れ出る小沢の右岸の、ちょっとした急坂を上ったところにあるヒラマエで、このヒラだけでも、舞茸の出るミズナラの立ち木が三本、根株が四つもあった。最盛期であれば、この根株一つから三回も担ぎ出せるほど舞茸が採れるのだ。

ところがこの日、三人が訪れてみると、どうしたことかどの木の根元にも一つも茸は発生しておらず、手分けして一帯を探してみたが、昼前に集まってみると、頭ほどの大きさの舞茸がたった一個、私のリュックに収まっていただけであった。

三人は、このまま諦めて帰るつもりで水源地の小沢に降り、そこで少し早い昼食をとることにした。飯を終えて、きれいな沢の水で口を漱《すす》いでいたとき、兄が声を掛けてきた。

「おい、保よ、まだ時間があるから炭山川まで行ってみないか。あそこには舞茸の出る木が沢山あるから、リュックで一杯ずつぐらいなら、きっと採れると思うぞ」

この辺りの山には誰よりも精通している兄の言うことである。ただちに話が決まり、三人は気を取り直して炭山川へ向かった。

二十分近く歩いて炭山川へ越える峰に立ったとき、私は眼下の風景に茫然と見入った。そこは、台風の通り道に当たるところで、昨年は台風十五号が通過して山肌に爪痕を残していた。幅五十メートルほどの帯状に、原生林の立ち木が強風によって根こそぎ薙ぎ倒され、無惨な姿をさらしているのであった。

「二人とも、ここでちょっと待っていてくれ。すぐそこにある木を見てくるから」

と言って、兄が峰伝いに上っていったが、その姿が見えなくなってものの二分もたたぬうちに、近くの辺毛山の上空に現われた黒雲がみるみるうちに拡がり、大粒の雨が降ってきた。小松さんと私は急いで風倒木の下に駈け込んだ。

その風倒木は、やはり台風で倒されたミズナラの大木で、根張りの上二メートルほどのところで折れているが、途中の太枝が地面に突き刺さっているため、幹は私たちが立っていられるくらいの高さに浮いていた。

凄まじい雨。まるで、無数の白い棒が空から降り注いでいるような光景である。その雨足に叩かれて山肌の小笹がザー……と鳴りだした。

が、その雨は三分あまりも降ったかと思うと、たちまち引いて、一瞬後には青空が上空に拡がっていた。プーンと、舞茸の強い香りが鼻をついた。立ち上がって辺りを見回したが、茸は見当たらなかった。もしや、と思って、

「小松さん、立ってみてくれ」

と言うと、小松さんは立ち上がりながら聞いた。

「今野さん、何を探してるんですか」

「うん、舞茸だよ。ほら、匂いがするだろう」

と言って小松さんの足下を見ると、やはりあった。小笹の下に、中ぐらいの舞茸が盛り上がるように発生していた。茸の端が、しゃがんでいた小松さんの尻に触れて少し砕け、そこから匂いが立ち昇っていたのだ。それを小松さんが採っている間に後ろに回ってみると、そこにも中ぐらいの舞茸が二つ並んでいた。二人でその茸を採っているところへ、大きな舞茸を二つ抱えて兄が戻ってきた。

「ほら、これも一つずつリュックに入れろ」

と言って、兄は小松さんと私のリュックに抱えてきた茸を入れ、私たちが採った茸の一つを自分の背負い袋に入れた。

そして、その後が見ものであった。

兄の知っているどの木を見て回っても、舞茸が出ていたのである。なかでも圧巻は、そのヒラマエの中央にあった根刳れの木で、そこには実に大小二十九個もの茸が発生していた。

三人のリュックや袋が一杯になったところで、帰りのルートを話し合った。その結果、すぐ下の沢から、上滝に越える送電線の通路に出、そこを峠まで上ってから水源地の沢のカッチに降りる、と決まった。三人は舞茸で膨れ上がった大きな荷を背に、少しはしゃぎながら帰途についた。

　下の沢に降ったところで、私が残しておいた握り飯を三等分して食べ、沢水で喉をうるおしてから、送電線の通路に従って山を上った。峠に達して見渡すと、通路は左寄りに上滝の沢へと下っていて、目指す水源地の沢は右手の中峰から分岐する小峰の右ヒラに源を発している。このとき、三人の足は何のためらいもなく、右手の水源地の沢のカッチへと向かっていた。

　沢に着いて下り始めたとき、私は自分の迂闊さに思わず舌打ちした。〝しまった、ガンビの皮（マカバの皮）を剝いでくるんだった〟ガンビの皮を束ねて火をつければ、暗闇の中でもどうにか歩りるだけの灯りが得られるのだが、それに気付いたのは夕闇が足下から這い上ってくる頃合であった。夕闇はたちまち漆黒の闇に変わり、文字通り、一寸先も見えなくなった。

　山歩きにかけては私より達者な兄も、ガンビの皮をどうして取ってこなかったかと、しきりに悔んでいたが、もはや灯りは得られないと知ると、今度は先頭に立って足探りで前へ進んでいった。

　夜空には星ひとつ見えなかった。沢の両岸は深い藪で、足で探ろうにも真っ直ぐには進めず、地面の起伏も容易には摑めない。踏み出した足が穴にとられて何度も前のめりに倒れ、歩行は遅々として捗らなかった。

そうして闇の底をまさぐるように進んでいたとき突然、フーッと異様な気配を感じた。それは、自分の前を行く兄や後ろからくる小松さんが立てる音ではない。自分が何かに見つめられているような薄気味の悪い気配である。〝熊がいる。どこだろう〟立ち止まって耳をすましていると、小松さんが近づいてきた。

「小松さん、俺の前になって、兄貴の後についていってよ」

と言って私は後尾につき、腰の刺刀《さすが》を前に回すとともに、背の荷物をいつでも下ろせるよう、体の前で結わえつけた紐をほどいた。依然として、その不気味な気配は去らなかった。

「おい、保、来ているか。これじゃあ焦ってもしょうがないから、一服つけていこうか」

兄もまた察知しているらしい、少し先の方で、ひどくのんびりした声が上がった。そしてすぐに五、六本のマッチを一度に点火したらしく、小さな炎が辺りをうっすらと照らし出した。私も兄にならってマッチをつけ、煙草を吸いつけてから、その火を高くかざした。一瞬目にした身の回りは、なんの変哲もない笹薮だけであったが、あの気配はまだ続いていた。

「おい、こうしながら歩きだすぞ」

と兄が言って、マッチをともしては何歩か前進した。私も同様にしてしばらく進み、空になったマッチ箱に点火したとき、ザワーッと微かな物音が耳に留まった。〝くるか〟と、音のした左岸のヒラに向かって左手の火をかかげ、右手で刺刀の柄を握りしめた。

フーッと、嫌な気配が消えた。熊が離れていったのだ。

足探りの前進は、さらに続いた。やがて細流が音を立てて流れるようになり、昼飯を食べた辺りに達したと思われた。ここからは右岸に人の踏み固めた細道が付いている。そのだらだら下りの踏み跡を辿って、三人はなおも足探りで進んだ。

道が急坂となり、続いて幅が広くなった。水源地のダムの右サイドを通過し、ようやく沢の出口に近づいたのだ。周囲がぼうっと目視できるようになり、旧詰所跡に立つ「新歌志内礦の跡」と記された石碑を左に見て、三人は一気に山を下った。

乗り物を預けた花屋では、深夜にもかかわらず娘さんが気を揉みながら待っていてくれた。兄と小松さんに食事を出してもらい、私は一足先にオートバイに乗って走りだした。心配しているであろう家族に、一刻も早く無事を知らせねばならない。歌神、歌志内を過ぎて上歌に差し掛かったとき、前方の路肩で赤い電灯が大きく振られた。〝しまった、スピード違反だ〟心息《せ》くまま、飛ばし過ぎていたのだ。それに、この夜中の十二時近くに交通取締りの警官が出ているとは思いもよらなかった。

私のほかには人っ子一人通っていないから、その赤灯が私への停止の合図であるのは間違いなかった。

ブレーキを踏んでオートバイを路肩に寄せ、近寄ってくる警官に、

「ご苦労さんです」

と声を掛けた。

「どうしました、大変飛ばしていたようですが」

その警官は穏やかな口調で尋ねてきた。私は胸ポケットから免許証を出しながら、

「私は赤平礦で礦務係をしている本務職員で今野と言いますが、実は……」

と、今日の一部始終をかいつまんで説明し、家族に早く無事を知らせたくて急い

でいたと話した。するとその警官は、

「そうでしたか。足を止めて申し訳ありません。早く帰って、皆さんを安心させて下さい」

と言って、免許証を返してくれた。

「どうも、ありがとうございます」

「お気をつけて」

と言葉を交わし、私は上歌の峠を目指して再びオートバイを発進させた。

家に戻ってみると、消防手でもある隣家の小倉さんが見えていたが、私が玄関に入っていくと挨拶もそこそこに帰ってしまった。荷物を下ろした後、私はオートバイを走らせて兄の家に行き、義姉を後ろに乗せて今度は小松さんの家に走った。そうして姉を乗せたまま家に戻り、しばらく待っていると、自転車に乗った二人が帰ってきた。

三人は採取してきた舞茸をそこで三等分して分かれ、私は後始末は明日にすることにしてすぐに蒲団に潜り込んだ。時計に目をやると、もう夜中の二時を過ぎていた。

翌朝はさすがに体じゅうが痛く、休暇をとって一日休むことにした。

家人の話によれば、隣りの小倉さんは昨夜、私たちの帰りがあまりにも遅いのを心配し、消防手を動員して捜索隊を出動させようかと家に相談にきていたそうである。しかし母は、忠劼と保が一緒なのだから山で迷うはずはないと断言し、何かあって遅くなっているものと思われるので明日まで待って下さい、と取りなしていたところへ私が帰ってきたのだという。

昼過ぎに兄がやってきて、水源地の沢で熊に付きまとわれたと打ち明けたときも、母は、

「お前たち二人が熊にやられるなんて、考えてもいなかったよ」

と、まるで動じる風もなかった。

あとがき

昭和三十八年九月、私は永年勤務した住友石炭鉱業を依願退職した。室蘭で土木の会社を営んでいた知人に乞われてのことであったが、それとは別に、私には炭坑という職場について思うところがあった。直截に言えば、その思いは坑内における労働条件の過酷さに向けられていた。

赤平礦に移った後、私は現場を担当するようになって岩石掘進を受け持った。発破によって崩れ落ちた岩石を人力で運搬車に積み込む作業である。

発破によって出る岩石の量は、だいたい十二、三車であるが、この一車目の後半から坑員の背の色が変わり始める。汗で濡れたシャツの背の部分に岩粉が付着し、その岩粉の色に染まってしまうのである。

この積み込みが遅れると、二番方で入坑してきた向う番の人たちの現場への着手に支障をきたし、迷惑をかける。そのため、積み込みの作業をする坑員は連日、着換えのシャツを三枚も四枚も持参し、歯を食いしばって作業の遂行に当たらねばならなかった。作業を終えて出坑をするときには誰もが、精も根も尽き果てるほどに疲れきっていた。

そんな人たちを毎日のように督励し、少しでも作業能率を上げようとしている自分の有様に気づいたとき、私は人が働くことの意味を自らに問うていた。そして、炭坑における労働のあるべき姿と現実との埋めがたい落差に、不条理にも似た虚しさを覚えた。そうした折り、知人の勧誘を受けて私は炭坑《やま》を離れたのであった。

こうして室蘭に移り住み、土木の会社を設立して仕事一筋に生活してきたが、あるとき息子に誘われて、十六年ぶりに渓流釣りに出かけてみた。

島牧で日本海に注ぐ折川に向かい、二人は夜明けとともに釣り始めた。ヤマベ（ヤマメ）はまったく釣れなかったが、ぽつぽつと大型のアメマスが上がり、さらに遡っていくと突然、二百メートルほど先に大きなダムが現われ、私たちの前に立ちはだかった。私はそのとき、ただただ驚いていた。このような巨大な人工物が川を塞《せ》き止めていることに、是非もなく目をみはっていた。

しかしその後、道内のあちこちの川を訪れるようになって、私は、そうしたダムや砂防堰堤《えんてい》といわれる構築物が遍《あまね》く、しかも増々、清流を死に至らしめている現実を知った。

明くる年、私は息子の案内で懐しい染退川《シベチャリ》（静内川）を訪れた。真っ先に目を奪ったのは、メナシベツの入口に設置された北電のダムであった。そしてシュンベツには流れる水もなく、河原は砂利運搬のダンプカーが走る通路と化していた。その昔、私が母なる川と慕った清流は、その面影すら止めてはいなかった。

自然は危ういバランスの上に成り立っている。そして人を含む生き物の暮らしは、その自然の中に包摂されている。人が今、己れの利便のために山を削り川を縊《くび》って、そのバランスを崩しつつあることの結果は、いずれ時が示すであろう。そのことを最も鋭敏に知覚しているのは、獣や魚を求めて自然の奥深くに入り込んできた人たちである。

ともあれ、染退川の惨状を目にして以来、私はいつかは、自分が生きた山とその時代について書いておきたいと考えていた。「自然保護」という言葉が必要でなかった時代の辺境の生活を、ありのままに記録しておきたかった。

その機会はしかし、思いがけないことから訪れた。昭和五十九年九月、私は偶発的な車の事故で、利き手である右の手を潰してしまった。傷は治っても手そのものは使えるようになるまいと思いなし、入院中、せめて文字だけでも書けるようになりたいと望んで左手で文章を綴り始めた。一年あまりの入院生活を終えたときには、便箋で三百枚ほどにもなり、退院後、家でそれを原稿用紙に書き写し、さらに毎日のように書き進めたところ、四千枚近くになっていた。

その原稿の中から「羆吼ゆる山」と題した一編を、朔風社の編集長・橋本均氏にご一読願い、ご懇切なアドバイスをいただいた。こうして新たに書き下ろしたのが本書である。読み返してみて、自分の力不足を痛感するところがあるが、至らざる点は、ご海容あらんことを願う。

平成二年五月

著者　今野　保

解説

河﨑秋子

今では身近になった航空写真のアプリなどで北海道を見ると、市街地、耕作地、山林とそれぞれの境界がはっきりと分かる。

山林の箇所は濃い緑で覆われ、「ああ、原生林がそのまま残っているのだな」と思ってしまうが、場所によってはかつて木が伐採された場所であったりする。

私事だが、子どもの頃、牛の放牧地の周りに広がる森林をよく探索していた。そこを流れる小川に手を浸していた時、川底に小さな陶片を見つけたことがある。ごく小さな、幼児の親指ほどのそれは、白地に青い染付がされた、ごく普通の割れた陶器のかけらだった。幼かった私は、人が住んでいる気配などない林の中でそんなものを見つけたことにとても興奮し、まるで人類の大発見をしたような気持ちで母に報告した。

「ああ、それはたぶん、昔このへんに住んでた炭焼きの人が使ってたものだよ」

知られざる大発見などではなく、真相はあっけないものだった。私は母の言葉に少しがっかりし、大事に持っていた陶片を家の周りの砂利に置いたことを覚えている。

炭焼き。地元の歴史を辿れる程度に大人になってから理解できたことだが、私の地元のみならず、明治期以降から戦後にかけて、多くの人が北海道各地の山林に分け入り、個人で、あるいは会社組織として木を切り倒して製炭業をしていた。当然、めぼしい木がなくなれば次に育つまで待ってなどいられないから、居を移してまた木炭作りに精を出す。私が拾った陶片は、そうしてかつて一時的に住んでいた炭焼きの人が使っていた食器の一部だったのだろう。

両親をはじめ、地元の高齢者の話によると、やはり私が陶片を見つけた場所を含め、地域の山林のほとんどは一度は炭焼きによってほぼ丸裸になったのだそうだ。木の種類など分からない子どもにすれば鬱蒼とした深い森に見えていたものだが、実際にはその周辺一帯は伐採されてから計画的な植林もされずに再び木が茂った二次林だった。そう知ってから森林の状態を観察すると、下草としてササ類が密集し、間伐などによって木の密度を調整された様子はない。伐採後、いっせいに新たな木が栄養を奪い合ったため、細めのナラの木ばかりがひしめきあい、なかなか太い状態まで育たない様相で、まさに分かりやすい二次林であった。

本書『羆吼ゆる山』の著者、今野保氏は、まさにその製炭業全盛期を生きた人物だ。父親が苫小牧の製炭業者に管理者として能力を買われた関係で、中湧別、足寄、日高と一家で居を変えながら大木生い茂る北海道の山地で青少年期を過ごした。まさに場所を変えて時代の動きを見据え続けた人物である。
木炭に適した木が生えるような場所は、そのぶん野生動物との距離も近い。というより、野生の領域に人間が踏み込む状態である。今野氏の父親は猟銃を所持し、ヤマドリなどを撃って肉を得るのみならず、人里に姿を見せる熊を警戒しなければ仕事と生活は成り立たない。そんな暮らし方のなか、保少年も当然銃を手に取ることを考え、父親の猟銃をこっそり持ちだして鳥を撃ち始めたとのことだ。それが父親に露呈した時、銃弾の選択を一瞬咎められはしたものの、次はこうするようにと弾の使い分けの指導をされたくだりに、当時の雰囲気と寛容さが感じられる。(現在の法律ではもちろん許されないエピソードだが、おそらく息子がいつのまにか猟銃を使いこなしていたことに父親は誇らしい思いを抱いていたのではないか、ともとれて微笑ましくさえある)
そうして猟銃の扱いに習熟していく保少年が、山林で熊や他の獲物を追い、地域の住民たちと過ごす日々が、本書では驚異的な記憶力をもとに詳細に綴られている。
ことに特筆すべきは、獲物を求めて山中に入った際、生えている木に対する観察眼が鋭いことだ。木の種類は勿論のこと、生育状況、弱ってはいないか、他の蔓性植物が絡んでいるか、など、木の描写にかなりの紙幅が割かれている。おそらくは製炭業で身につけた樹種に対する知識と、炭に向く状態を瞬時に見分ける観察眼が、山に分け入る際の情報を豊かにしているのであろう。

また、獲物を発見した際の位置関係や地形、そして支流含めた渓流の場所までをも冒頭の地図に詳細に残せていることは、さすが山を知り尽くした業種ゆえの記憶力に拠るものと思われる。

人間の注意力というものは、あらかじめ受け皿を広げておかねば対象を認識することさえ敵わないことがある。極端な例としては、文明から遠ざかった密林で生活していた民族が、『飛行機』という存在を知らなかった故に、近隣に飛行機が堕ちても気づくことがなかった事例があるという。そこまではいかずとも、知識が狭く思い込みが強い人間が豊かな山に踏み入ったとしても、その豊かさや、時には危険すら知覚できずに過ごすことになる。本書は今野氏がかつての記憶を掘り起こしながら綴った手記がもとになっているというが、その記録の鮮やかさに、いかに青少年期に周囲への関心と観察を怠らなかったかということが伺える。

当時ならではの状況として、宵の闇に紛れて息を潜め、それこそ物音ひとつ立てずにヒグマが姿を見せるのを待つ描写は緊張感に溢れる。現在では発砲が許可されるのは太陽が出ている間、つまり日の出から日没までと厳しく定められている。しかも所持に関する規制も厳しいため、ヒグマが出たからと身内や親戚に気軽に銃を貸し出すということもできようはずがない。その意味においても、当時のヒグマとの距離、付き合い方を存分に感じさせられる、貴重な記録ともいえる。

さて、保少年が経験した狩猟についてのみならず、本書第三章では彼と親交のあったアイヌの猟師たちの経験談が綴られている。

アイヌの人々はもともと鉄砲ではなく毒矢で狩猟をしていたことが詳しく説明され、彼らが時代の流れで鉄砲を手にし、手段は変わっても変わらぬ観察眼と注意深さ、そして山への敬意をもってヒグマを仕留める様子が活写されている。

なかでも、村田銃を手にひとり山に入る桐本仙造と金毛と呼ばれるヒグマの話が印象的だ。人と獣という間柄でありながらつかず離れず、まさに距離をおいた隣人という関係を築いていた一人と一頭の物語は、その結末も含めて切ない印象が残るエピソードだ。

不思議なのは、桐本氏がこの話を当時十六歳の保少年に初対面で語ったことだ。昼飯を共にしながら、彼にとっては後悔さえ残る経験を山の中で偶然出会った少年猟師へと語る。ともすれば猟歴や成果について自慢話が多くなりがちな猟師という立場で、まるで懺悔《ざんげ》のように口にされた昔語り。桐本氏の複雑な心のありようと、それを受け止めた保少年の間に、猟師同士でしか通じえないものがあったのだろう。ヒトとヒグマ、ヒトと野生、そしてヒトとヒト。いっけん濃い緑一色に見える北海道の山林の中には、生き物の複雑なモザイクが息づいている。


ところで、冒頭で綴った、私が陶片を拾った二次林は、実は国有林なのだそうだ。数年前、行政によって再び伐採され、計画的植林がなされて帰省するたびに幼木が立派に育っていっている。

本書のあとがきで今野氏は移り変わってしまった自然の姿とかつての生活を留めおくために筆を執った旨を記していた。変わってしまったものは簡単に元には戻らない。しかし雄弁なる筆致で残されたかつての風景に、今の読者も、そして未来この本を手にとる人も、静かに心打たれ、製炭に関わった人達の熱気を知り、ヒグマの息づかいを聞くだろう。北海道の歴史において、苔むしてもなお厳然と立ち続ける道路元標のような一冊である。

(作家)

本書は、一九九〇年六月に発刊された『羆吼ゆる山』（朔風社）を底本とし、再編集のうえ文庫化したものです。

今野保（こんの・たもつ）
一九一七年、北海道早来町生まれ。奥地での製炭業を経て、一九三七年から二十六年間炭鉱に勤務。その後、室蘭にて土木会社を設立。一九八四年に事故で右手を負傷するが、入院中に左手で文字を書く練習を行い、その後、執筆活動を始める。著書に『渓流の想い出』『染退川追憶』（以上、私家版）、『アラシ――奥地に生きた犬と人間の物語』『羆吼ゆる山』『秘境釣行記』がある。二〇〇〇年、逝去。

ブックデザイン　鈴木成一デザイン室
装画　チカツタケオ
組版　宇田川由美子
地図制作　千秋社
校正　神保幸恵
編集　綿ゆり（山と溪谷社）

羆吼《ほ》ゆる山

二〇二四年一月一日　初版第一刷発行
二〇二五年二月二〇日　初版第四刷発行

著　者　今野保
発行人　川崎深雪
発行所　株式会社　山と溪谷社
郵便番号　一〇一―〇〇五一
東京都千代田区神田神保町一丁目一〇五番地
https://www.yamakei.co.jp/

■乱丁・落丁、及び内容に関するお問合せ先
山と溪谷社自動応答サービス　電話〇三―六七四四―一九〇〇
受付時間／十一時～十六時（土日、祝日を除く）
メールもご利用ください。
【乱丁・落丁】service@yamakei.co.jp
【内容】info@yamakei.co.jp
■書店・取次様からのご注文先
山と溪谷社受注センター　電話〇四八―四五八―三四五五
ファクス〇四八―四二一―〇五一三
■書店・取次様からのご注文以外のお問合せ先
eigyo@yamakei.co.jp

フォーマット・デザイン　岡本一宣デザイン事務所
印刷・製本　大日本印刷株式会社

Printed in Japan ISBN 978-4-635-05003-6